U0133074

蔡澜微博妙答

蔡澜 著

第二辑

山东画报出版社

目　录 CONTENTS

蔡澜微博妙答之饮食卷

fat_jimmy：其实路边摊也会很好吃，只是担心卫生问题。

答：大菌吞小菌，吃了没病。

Limzer1212：今日的印度尼西亚早餐是不是还有豆腐啊？

答：印度尼西亚最家常的小菜"加多加多"Gado Gado．食材有略微煮过的蕹菜、豆芽和豆腐，加青瓜和各种生蔬菜，最后添半个熟蛋和虾片。精髓在于由花生碎和各种香料制成的酱，酱的好坏，有天渊之别。

猪头丢丢：网上能找到印度尼西亚的虾片，60元人民币500克，Aloha牌子的好找。

答：Aloha的味道普通。

香橙班：蔡生，这个早餐不是那么健康吧？

答：出家人食素最健康，也常吃出个胖和尚肥尼姑来。

Kenneth_Ong：内地的朋友，几乎都是看卖相评价、吃东西。很多时候我拍了美食记录，都被人狂踩。

答：自己博客发表自己意见，还怕别人说什么？

壹莲YOGA：红毛榴莲没看到红毛？

答：红毛，代表外国。

丫丫阳光：蔡先生，您吃过的美食无数，可是总觉您浪费得也相当多呀。

答：不能再以老妈子的思想看世界。我从不浪费。东西吃不完，同事或司机吃，他们吃不完虫虫蚁蚁吃，虫虫蚁蚁吃不完，细菌吃。到了外地，为了好奇，叫多了菜，是可以原谅的，在本地，就不会那么做了。

乜咁嘎：蔡生，以你的角度来看的话，世上就不存在浪费这回事了。

答：吃不完硬吃，生病了，花钱看医生，也是一种浪费。

极地圣乐：美味的东西给不懂美味的人吃，就算那人只吃一点，也是浪费。让懂得欣赏的人吃，就算一时吃不完有剩，吃的人满足，却也体现了它的价值。人吃不完的也当作与其它生物共享美味，又有何不可？

答：红鸡蛋。

舞芷馨：蔡生，桂花酒酿丸子是天香楼的好，还是功德林的好？

答：前者是荤，后者为素，不可相提并论。

小烽兄：蔡澜先生，现在都在说低碳生活，讲究素食主义，不知道蔡澜先生对此有什么意见呢？会减少肉食吗？

答：好食就得。

MTOC：请问蔡生，用筷子吃饭，怎么握法最正确？

答：扒得了饭菜进口，就是正确。

杜南海：请问黑罗宋的"罗宋"是否与罗宋汤是一个意思？是俄罗斯产的？

答：加了伏特加酒。

CrYstal邓小姐：蔡澜先生，我想请教一下，每天都饮鲜榨红萝卜汁，可好？会不会变黄脸婆呀？

答：会。

资娘姑姑：蔡生，当你自己一人在家，最喜欢弄什么吃？

答：青菜白粥。

库斯拉：蔡生，我想问你，我们潮汕的沙茶酱，怎么其它地方的菜系都不用呢？我觉得很美味，像粤菜也是没有的，我吃了很多广州菜馆都是没有的，不过厦门有。还有沙茶，可以做什么菜？主要都是炒饭炒菜么？谢谢先生解答。

答：吃惯的人，才觉好吃。

盛世衰人：蔡老师，我今天做了件很神奇的事，炒了个冰鸡蛋。能吃吗？因为不小心，把鸡蛋放到冰箱的冰冻区，所以，造成了这样的后果。

答：也许成为更创新的分子料理。

五大狼围脖：蔡生，现在潮汕很多小时候的老店都是苦心经营，像西天巷蚝烙、老妈宫粽球、无米粿，其实都很好吃。做为潮汕人，你觉得要怎么宣传这些特色小吃啊？

答：自己多去吃，就是最好的宣传。

冻_柠_茶：蔡生，你一个人会吃得比较简单吗？

答：愈简单愈好，但也用心去做。

Tragy_Leung：今晚吃了炸猪肉，是我们农村地方在祠堂宴席中常有的一道菜。不知蔡生赴这类祠堂宴席时，有否让你深刻的菜式呢？

答：顺德均安祠堂中的蒸大猪，上百斤重，放进一个像棺材的木箱蒸出来，非常美味。

cocodgnet：蔡先生，为什么我买的苹果常常外表很像华盛顿苹果，非常漂亮，可是吃起来又酸又涩，非常难吃。普通的土产苹果都尚可以入口。

答：传统和基础，非一天一日可成。

nightflying：冒昧再请教一下，油麻地果栏能入到这些中上质素的生果吗？苹果是否华盛顿比较好？有哪一档你可以推荐入货？

答：可以，要做生意的话，每一档都得比较，需半夜两三点去，才选到好货。

熊猫娜娜：蔡生，超市的真空包装三文鱼怎么做才好吃啊？

答：煎熟或烫熟来吃，千万别当成刺身。

偶翛：蔡生觉得木叶蝶生鱼片怎么样呢？

答：深水鱼才不生虫，不是每一条活鱼都可生吃，饲养的尤需戒之。

愉愉小店：有点像百香果，不过不知道是不是？

答：虽属百香果种，但有独特的味道，印度尼西亚人取其汁，放糖存之，喝时加冰兑水，为最受民间喜爱的一种饮料，一定有道理。到了当地，不学习欣赏，是损失。

Carlong_：不知是否内里是像石榴一颗一颗，有细核，黄肉？如果是的话，我们这边称之为鸡蛋果。

答：外国人叫的热情果变成鸡蛋果，朝日的光辉变成牵牛花。我们的用词，可以改进。

Sucking_xuhui：蔡先生你好！我每次吃爱吃的食物总是喜欢吃到过瘾为止，后果就是常常弄得肠胃很难受。想问问你，如果常这样，对肠胃的伤害会不会很大呢？

答：年轻，石头也能消化。

IcyLui：蔡生杀蟹功夫如何？

答：我杀蟹功夫一流，用枝尖头筷，在第三和第四对脚的节骨眼中一刺，即穿蟹心，速死，非常人道。

缓缓开陌上花：蔡生，你好，我很喜欢吃板栗，不知道板栗可不可以做糖水呢？如果可以，那做什么糖水最好呢？

答：炒熟磨沙加冰糖。

沈阳阿楙劈叒：蔡生，我现在手里有松茸，以前都听说如何香气如何美味，但是拿在手中，我却不觉得有什么奇异之处啊。要如何烹饪才好吃呢？

答：用湿布抹干净，撕成条，撒点盐，在火上烤来吃。要是你的松茸是高品质的，就香得不得了，劣货无味，弃之。

财神女：蔡先生啊！白果好像很好吃的，和肉一起来炖，又或者可以煲汤。

答：还能烧烤，佳质银杏碧绿，像翡翠。

美ing：蔡生，想问，吃燕窝是天天早上空肚吃，还是早晚各一次，还是一个礼拜吃三次，哪个最好呢？

答：等你老了，才教你。

BOBO小米加步枪：蔡生，请教，家母刚动完手术，家有燕窝，如何做给她吃？

答：拣清杂毛，用冰糖炖之。

EvanLGQ：为何中国人对食物第一感觉就要问"有什么作用"？难道中国人真的如此孱弱？什么时候都要"补"？其实食物第一作用是填肚子，第二是美味～

答：对。

MonkeY：蔡生，请问意大利粉配的白汁怎么才能弄得粘稠？我弄得总觉得有点太水了。谢谢。

答：加芝士粉。

phbosco：蔡先生，天津产的"玫瑰露酒"可否用来煮鸡呢？

答：广东的豉油鸡必加。

快乐的甜甜妈咪：我婆婆又让我向您请教，干杏仁怎样吃最好？婆婆的妹妹从新疆带来的。

答：焙干，磨粉成杏仁糊。

木木木有：想问先生，如果每天都吃西红柿，对身体有什么不利的地方么？

答：头会长得像西红柿的形状。

资娘姑姑：先生，请问炖鸡，鸡皮、鸡油是一起炖好，还是不要好呢？谢谢。

答：炖求清，当然舍皮较佳。

快乐的甜甜妈咪：刚看ＴＶＢ8韩国味道，介绍他们吃的鸭子用硫磺喂出的，不太理解，请问您知道吗？

答：看《大长今》。

hhbinn：蔡生，你认为什么样雪茄是比较好的？

答：Cohiba，Partagas，从前在古巴做的Davidoff。

南宫蝶舞：蔡先生，听说最好的雪茄都是在女人的腿上卷成的。真的吗？

答：是。老女人。年轻的经验不足，卷起来太紧或太松。

MissBradshaw：现在的雪茄有这么棒的吗？

答：就算是最高级的古巴雪茄，也不可即做即抽，至少得摆上五年，像普洱那么发酵过，才较醇。

我家小妞妞：嘻嘻，我快大学毕业，我觉得自己对饮食比较有兴趣，我想自己做饮食行业，不知道该怎么着手！可以提点一下吗？

答：从最熟悉的食物入手。

可爱Mikobaby：蔡生～～不知冬菜可否用来炒西兰花呢？！我觉得西兰花无论如何煮，它都好坚持自己的味道！好希望可以找到一种配菜可以炒出不一样的西兰花啊！求指点迷津。

答：西兰花无味，为劣等蔬菜，怎么做皆枉然。

兜阿：记得蔡先生说过，您喝浓得像墨一样的普洱，我爸也喝极浓的茶（不过是绿茶），他的牙齿好黑啊，是因为茶的关系还是其它原因呢？

答：太浓的绿茶不可多喝，普洱无妨。

jtam钧泰：不知蔡生是否知道一种叫"魔鬼椒"的辣椒？听说是世界上最辣。

答：Habanero。但还有更辣的印度新品种。

南宫蝶舞：蔡生，你自认为你是喜好口味浓厚的食物还是清淡的呢？似乎你推荐的蔬菜比较多。

答：外食浓，家吃淡。

jtam钧泰：请教蔡生，鱼子酱哪种是最好味的？

答：伊朗产的。

依林的微博：请教蔡生，把生姜削成蜡笔状，每日擦眉毛数次就能够使眉毛浓密——真的管用吗？谢谢您！

答：眉毛危险，你可以在其它部位试试。

Queen翠儿：我很喜欢秋吃葵里面的小圆粒粒，口感很好，秋葵里还有粘液，这些粘液对胃是很好的。

答：是，煮咖喱最佳，汁充满粒粒，咬破"啵"的一声，比嚼鱼子酱过瘾。

三毛的心事：秋葵煮咖喱还真没吃过，蔡老师有没有操作方法，简介一下？在菲律宾整天吃这个，一般都做汤，快吃够了。

答：碎洋葱炒咖喱粉，至香，加水煮秋葵，软熟后，方添椰浆，未滚前熄火，即成。

穆图烟：蔡生，请问墨鱼和鱿鱼可以怎样煮啊？在潮汕这里，我除了知道清水蒸还有炒韭菜之外，不知道还能怎么煮。请指点一二。

答：在宁波，墨鱼可以和红烧肉一块焖，叫大烤。

穆图烟：蔡生，那么章鱼是不是也可以这样煮？

答：章鱼干可以和莲藕及排骨煲汤，为老广东人做法，煮出来呈粉红色，江浙人如倪匡兄从不懂得欣赏，说颜色暧昧，不喝。

小娜妹：前一阵一口气买了蔡生的7本书，其中一本讲美食的，介绍了猪手姜，按着书上做法，口感却与描述大不相同。不知为何？

答：厨艺亦无百日功。

soorju：请问，你卖的各种酱料，我买后带回美国是没问题的吧？ 包装应该很好，不会把行李弄脏？

答：吃进肚带去，一定不脏。

周汉森：请问蔡生，好的蒸肉饼中，除去入马蹄、冬菇，以马友咸鱼蒸之，还有什么做法？另外，你个人偏好肉饼口感偏软糯还是有Q劲的？

答：在猪肉中加入田鸡肉剁，更甜。

王青Christine：周末时与先生一样入眠颇迟，醒来时，上眼浮肿，但不知何种食疗能改善。

答：试吞面包吸水。

PYPY仔：蔡生，喜欢吃甜甜圈吗？

答：听过一则笑话，说饺子工厂，皆为女工的腋下一夹而成；有一人说："你还没到过甜圈工厂，看男工如何制造。"之后，我就不吃甜圈了。

woaishuimitao：请问蔡生，我发的花胶为什么总去不掉腥味啊？

答：试试加姜。

饭团一旧旧：蔡先生喜欢吃咸的还是原味的？

答：任何东西，都是原味较佳。

蔡湛：跳鱼，加上瘦肉、花蛤、枸杞和当归熬汤，应该味道不错，但如何保证鱼不烂？时间短的话，药材味不浓，体现不了"熬"的本意；时间长的话，跳鱼肉易烂，花蛤会收缩。难道要先用瘦肉、药材熬汤后再放海鲜？

答：同时好了，当归味不应太浓。

微勃的三苏：蔡生，应该是粗大年长的水鱼叫山瑞吧？

答：对，粗大的不一定是山瑞，水鱼更大的有的是，我见过数十斤的，山瑞长于山中溪涧，小型居多。山瑞和水鱼，当今多养殖，若找到野生的，的确珍贵。

杜洋0203：蔡生，山瑞是指在山中的旱地甲鱼，并非以体型区分的。水里的则叫水鱼。

答：确实如此。

思风yeah3577：蔡先生，每次看到你的美食节目，比如有时远赴海外品尝美食，不同民族的食物可能有些并不是太好吃，但是看到您每次都吃得很津津有味且赞不绝口。不知道是为了节目效果，还是这些食物的确很好吃？

答：各地口味不同，学会欣赏，选好的吃，当然美味，差的不勉强自己进口。

Leo_Gor："鮰"鱼是长江中下游一带的特产，因繁殖时如三文鱼一样返至出生地而得名，应以重庆至湖北一段为佳，近沪的已失其味。虽近年珠三角不少食肆也有出售，但明显没有那种鲜甜嫩滑的感觉，应是已转为人工养殖。敢问先生，后生所闻对么？

答：是，所有鱼都差点被人类吃光，当今几乎都是养殖。

懒猫905：有些美食家对菜肴里放味精或鸡精特别抗拒，不知道蔡生是否也这样？

答：我无所谓，下得过分，卑视之。

lastlyhk：蔡生，我一个多星期前去朱家角，看到街上有卖一些红菱，也有绿色的。本来我想买来尝尝，不过小贩坚持要一下子买两斤，所以没有买。蔡生有吃过吗？是什么味道？好吃吗？

答：味道事，用文字形容最笨拙。未试过者，可付两斤钱尝，可省别的。

Boooe：蔡先生对过午不食有啥看法？

答：很健康，如果做得到的话。

寂寞时跳舞：蔡先生，有道美味，以沸水浇血蚶，佐以酱油、香菜、蒜头末、少许醋、少许麻油。海边乡下之人多以此配粥，食之不忘。奈何现今污染严重，恐血蚶不净，不敢枉食。

答：还是时常吃。当今泰国人在无泥状态下，养出干净又肥大的蚶，可放心食用。

风中分身：蔡生，我有一个小小的问题，到底怎么样做忌廉汤（不用忌廉），我上网查不到，找书书又没写。诶……希望可以抽空答我一下。谢谢。

答：凡是浓汤，加牛油，加牛奶，就可以煮成忌廉汤。

huieye520：蔡生吃的美食应该都是由出版社赞助的吧，呵呵。

答：受了赞助，就不能批评了。这点，我最忌讳。何必为区区几个钱，失去自我？

混蛋十尃：蔡老，那天看到您说三文鱼一定要煎熟了吃，突然想问问您，生蚝是不是也最好不要生吃呢？

答：看产地，海水清的，生吃最佳。

弱水三千谁与度：先生，芥菜怎样吃最好？

答：清炒蒜泥。

巫婆玲1987：不过为什么说芥菜是最有个性的蔬菜呢？

答：与别不同，没有一种其它蔬菜可比。

小小梅tal：奇异果太硬了没有熟，放了好多天还是不能吃，蔡生有啥高招？

答：放入米缸，如果家中还有的话。

周子铃：回复@小小梅tal： 用口袋密封好奇异果，放几天就可以吃了，如果还是很硬，那就是买得不好，我之前碰到过放了一个多月还硬的跟石头一样，外面都发霉了，切开里面还是生的。

答：这种情形，南洋人称之为"噜咕"。

水色水香：蔡生午安，想问下唔知点样先可以将鱼汤煲得甘白呢？

答：猛火。

快乐的甜甜妈咪：内地吃不到鲜黄鱼，冰冻的也可，用油煎至两面黄取出放一边，锅内的余油炒雪里蕻后，再放鱼和水及葱等，猛火煮汤至浓白色，好喝啊！蔡先生是不是这样做的？我婆婆的妹妹教我做滴哩。

答：对，各位请参考。

Eads666：请问蔡生，为何要将肉切成大片？牛肉切丝是否更容易入味？

答：普通的硬，故得切细丝；心头肉切成大片，更有咬劲。

颜俊嵘："心头肉"会令我想起我最深爱的人！还是封门柳好听。

答：啧啧，把爱的人当肉。

甜丝S：蔡生，这日本山形的Tsuyahime 的白米饭有没有什么特别之处呢？

答：仔细观察，米一粒粒独立分开，光泽如珠，肥肥胖胖。可惜照片闻不到米香，嚼不到弹性。

隐隐明明：先生自己炒的"蒜苗炒心头肉"。炒菜要看天赋吗？我总学不会。

答：失败三次，一定学会，到底并非高科技。

桂花愚：蔡先生，用茶水煮饭，会不会更清香，或者更美丽？说起来，我也想试试看荷叶、竹叶。

答：什么都试好了，也许玩出新花样来。

陈_喵：请问先生，正宗的白糖糕会有酸味吗？好像每次都觉得有股酸馊的味道，从此便与此糕绝缘了。

答：正宗的只是甜，绝对不酸。

小贵贵：不知道用大闸蟹的膏蒸蛋清，会不会好吃？

答：就变成蟹粉蒸蛋白，还是礼云子蒸的好吃。

mR_KeNnEth：蔡生我想问一问题很久了，也查了很久，找不到正确答案，希望能解答。崩沙腩其实是牛腩的哪一个部位呢？因为这名字在内地不是这样叫的。

答：牛肋骨旁的肉，带有筋和肉的混合体，半透明。

huieye520：蔡生每天品尝的都是美食，想问下有没有哪些食物是您不喜欢品尝的，或是品尝后感觉一般，甚至是厌恶的？能说下吗？

答：有美的，干嘛说丑的？

厄鲁莫团伊郎：螃蟹跟螃蜞是同一样东西吗？会长大吗？

答：不是，迷你大闸蟹，只有一个铜板的大小，不会长大。

kitkite：肥叉用花生垫底有没有玄机的？

答：应是糖煮黄豆，特别配合。

微微呲：蔡生，我也是潮州人，螃蜞腌鱼露(生吃)不是最鲜味吗？！

答：是，潮州人的送粥小菜，和宁波人的一样。

想LEC：昨天看到这道菜想：缺乏蛋黄好吃吗？今早突然想到小螃蜞的膏已鲜美无比，若再加入蛋黄会抢味，这样的解释对吗？我是不会做菜的生手。

答：对，故用蛋白。

糖瓜被抢：先生，能不能推荐一些吃着不发胖的食物？谢谢。

答：草。

茶耶：原来先生是搞美食的，想请问下如何才能煮好一道菜？

答：原来你是个女的，会穿裙吗？

RayBenson：蔡生觉得乌冬面最简单最美味是如何吃？请指教！

答：腐皮配料，木鱼熬汤，愈简单愈好。

何琼H：到了冬季，蔡生都用什么汤保养啊？有方子没？

答：青红萝卜煲牛腿肉、猪尾煲花生、玉米栗子煲排骨等，都是好汤。

HugoC：听说木鱼乃广东人称的柴鱼？敢问蔡先生是否属实？

答：木鱼，日本人叫鲣鱼，晒干后似木，刨丝煲汤，或放在豆腐上淋酱油凉拌。与柴鱼不同。

andrewww：家母刨白萝卜，劈开一半赫然发现萝卜芯渗出一片诡异的蓝色，慌忙弃之。再看另一根，安然无事。难道用药水浸过？还能吃吗？

答：异变而已，可削掉。

板栗fisha：蔡先生爱吃板栗吗？一般怎么吃呢？

答：我告诉南斯拉夫友人说，我们用粗砂石和糖来炒，他们以为我骗人。

章鱼娃娃：蔡生，有没有预防近视加深的食谱呢？

答：食玻璃？

杨翱：吃玻璃好像不行，据《日本草纲目》记载："日吃放大镜三副，夜以盐水袋敷眼。"可防近视云云，未经考证，想预防的不妨一试。

答：好办法。

啊卡蜜：腌笃鲜老灵的，现在上海饭店里做的都没有以前家里做的味道了，到春天我还是喜欢自己在家做这个汤，一定要放百叶结，才是正宗的上海腌笃鲜。

答：还要咸肉和新鲜肥猪肉。

杨妙琼：蔡生，鳗鱼如何做较美味？

答：和肥猪肉一起红烧。

聚力广东－深职Steven：请问蔡生，鳗鱼即是鳝吗？

答：也有大小粗细色泽之分。鳗鱼在深海中产卵繁殖，在淡水环境中成长。性情凶猛，贪食，好动，昼伏夜出，趋光性强，喜流水，好暖。黄鳝，属合鳃科，亦属鱼类，亦似蛇，无鳞，腹色黄，故名黄鳝。黄鳝生于池塘泥窟，或淡水河岸边，离水难以生活，给人捕获时满身涎沫滑潺。

细声微语：请问文蛤如何做汤最好？

答：加姜和大蒜煮，上桌前加辣椒丝和大量的罗勒。

国米骄阳：蔡先生，罗勒是什么东西？我们一般就是清汤和葱油。

答：潮州人叫金不换，台湾人叫九层塔。

蚂蚁牛：萝卜煲干萝卜？请教蔡生如何做呢？

答：一种极方便的清汤，同时放入锅中煮之即成。萝卜干照用，以冬瓜代替鲜萝卜亦成。

悠然知乐：蔡生，我一头雾水啊，为何是喝众济水不老啊？

答：喝地沟油也不老。

Jackie欧公子Jr：蔡生您好。家父喜好咸鱼肉饼饭，但本人总觉得油太多并不健康。请问蔡生，咸鱼肉饼饭少油可行么？还是选择咸鱼肉片饭为佳？

答：任何东西，少吃就健康，和油不油无关。

samwong的小窝：为何虱目鱼，又叫奶鱼Milkfish？

答：为何母亲叫阿妈？

hihiniho：蔡生，鱼饭点普宁豆酱是不是完美？

答：是的。

吃得饱D：中国大江南北这么多美食，先生是否对自己的家乡美食特别情有独钟？

答：任何人都一样。

HillsideHung：再次好奇地一问，蔡生，常吃的猪油渣，是猪板油炸出来的，还是猪肥肉炸出来的？

答：腹部最精美的部分。

Ryan的天台：请教下蔡生，腐乳的最佳食法。我由细到大都好喜欢，多用来送粥或饭，落少少油，正！有朋友说可以落糖，会不会很怪？

答：不怪，吃到太咸的，皆以此法对付。

creamydog：蔡生，南洋也有鱼饭吗？以前吃过，随意煎一下，带咸，好下饭。但不是咸鱼。

答：南洋潮州人多，当然把饮食文化带去。

飘踪无影：蔡先生，判定生抽好坏的标准是什么？

答：不死咸，有豆香，感到甜味，为生、老抽之基本要求。

慧慧君：蔡生午安，黄脚鱲怎么样做好吃啊？可以清蒸吗？我喜欢吃鱼，一般都是清蒸为主，蒸好鱼，再放油下锅，再放葱、酱油、盐、糖，做一个芡汁。

答：蒸鱼忌用芡汁。

哎呀呀呀：蔡先生，"蒸鱼忌用芡汁"是什么意思呢？是说不要把调好的汁浇在蒸好的鱼上面吗？我在很多广东饭馆看蒸鱼上面都有生抽、糖、姜丝、葱丝调好的料啊。请指教，谢谢。

答：芡汁是含有糊涂浓稠的汁，和只淋滚热的酱油有别。

红颜没：自小在家乡就只有江鱼和塘鱼，吃法也无非烧、煎、风干、腊鱼等。现在家乡开了大超市，常有冰海鱼卖，但不知做法，常在冰鲜柜前踌躇。请问蔡先生，冰冻的海鱼一般怎么做？因为价格有点高，不敢买回来自己试验，想请教。

答：解冻后洗净，抹上盐煎最稳当。

神经菜叨：您好，蔡生。请教，煎金枪鱼排应当用橄榄油还是黄油？

答：无所谓，怎么煎都难吃。

很硬的中年男人：先生如何看待转基因食品，东三省十年以前全是国产大豆，现在全是美国转基因大豆，安全吗？

答：历史尚浅，无时间认明是否有害。

Magic_Kwok：转基因的原因是种植时没有害虫侵蚀，自然产量高，提高了供应水平。相对地，就出现了下一代的豆类过敏，例如花生，这些都是美国已经弃用的东西，转到内地就变成热销。你敢不敢吃又是另一回事。

答：没害虫敢蛀，是加了蝎子基因。

三喜斋：蔡生，请问抠椰青的泰国土炮是什么牌子？

答：Mekong。

盟军是玉兔啊：请问蔡先生，如果你吃了很多朱古力怕流鼻血，你会吃什么中和一下呢？

答：冰激凌啊。

慢慢圆的圆：甜的很利于驱逐忧郁，但蔡先生不担心血糖吗？

答：吸血鬼比我更担心。

Hi_企鹅：蔡生，萝卜煲瑶柱要煲多久啊？萝卜是否要先切块啊？谢谢。

答：切大块，煲两个钟。

SARA陈嘉敏：蔡生，请问花生汤怎么煮花生才会煮烂？用慢炖锅（Slow cooker）煮整夜还是没办法煮烂。谢谢您。

答：用冷水把花生泡一晚，然后再拿来煮，烂得很快。

的卡拉是：蔡生做饮食节目用自掏腰包吗？店家有否免单？

答：不齿为之。

猫仙老君：先生是拒绝所有鱼生吗？

答：我懂得选择吃深海鱼，浅的有虫，虫受不了深海的压力。

yhong88：蔡生您认为鲍鱼汁最适合煮哪类菜？

答：捞面最佳。

罗嘉诚密：蔡生那么会吃，可以说吃尽美味，有没有想过自己得到了什么？

答：满腹而已。

尖尖梦蝴骑士：蔡SIR，听说吃相同的东西最好不超过三天，是不是有这种说法吖？那我天天早餐都喝牛奶和吃面包，会不会不好？

答：吃得饱就是。

Boss亚：最近想学做意大利面，但是一直不得要领，不知道蔡生可以给点建议不？

答：看面条包装纸上的指示，依足时间煮之，吃过后再决定加减。

NetSoftStephen：你是否去上环那处，以前那些店在一条小巷，那条小巷叫屎坑巷，因很久以前那里没有自来水，晚上要倒屎的。我的爸爸及爷爷在那附近住。

答：完全消失了，其中档子，也只剩下这两家在皇后熟食档苟且偷生。

waionfung：先生你好，有一种日本的粉末绿茶，请问真的是绿茶粉末制成的吗？

答：他们的产品原料在瓶后的帖子上写得清清楚楚，真说真，假说假。但也有不法商人乱改食用限期。

luxinxinV：请教蔡生，我喜欢喝奶茶，但是，在家冲奶茶为什么总是和茶餐厅的味道不一样，我用的红茶包是没问题的，很正宗，奶是雀巢三花淡奶，问题会出在哪里呢？

答：大概你是沏，他们是煮茶叶吧。

yhong88：您对吃素这个问题怎么看？现在好多人都在提倡吃素，有时候觉得从保护动物的角度讲，吃肉确实好像不太好。而且吃素是不是可以令身材保持得比较好呢？

答：各有各好，无需搔扰。

康少大大：加西洋菜会不会被菜的味道掩盖啊？我喜欢吃的猪杂汤是加枸杞叶煲的，也很惹味。

答：最正宗的，应该加珍珠花叶。

Ryan的天台：现在我可以吃到的猪杂汤材料都是只有猪肝、猪肠和猪肉！请问蔡生正宗的还应该有什么部位？

答：正宗的，还有灌水猪肚，灌得发涨，半寸厚，中间纤维质变成半透明，已成绝唱。

女乃米分米唐：请问蔡先生，我家新买的砂煲基本用一两次就裂开，是否因为用完后马上倒冷水的缘故？您说用之前要用水浸一晚，是否对此有帮助？谢谢！祝健康。

答：抹上油，浸一夜。

POKII：回复@sophia13：对哟～～在番禺南村就有几家宵夜档晚上专门吃猪杂滴～那里的枸杞猪杂粥和酱油肠粉的确一绝。

答：试过，猪肝还会发烟，很新鲜。

镜中望月：请教蔡先生一问题：你如何看待现在的鲁菜？作为曾经的四大菜系之首要想重振雄风，需要做哪些改变？

答：要懂得珍惜传统，上次去，想吃一个真正的山东大包，找来找去找不到，都变成山东"小"包了。

陶三姑：先生吃过鱼包吗？我这边有间不错的，很朴实的风味。

答：麦当劳鱼柳包？逃之夭夭。

Lawra：蔡老，"苏丝黄"话煮西红柿炒蛋的时候，西红柿用滚水烫过去皮，切粒，加少许西红柿酱和橘子瓣，味道更浓更鲜口感更好，我试了，味道更酸了，你有更好的煮法吗？

答：就那么由生炒到熟才美味。

my198：蔡生有喝过老北京的豆汁或面茶吗？

答：看了老舍作品多年，一到北京即找这两样东西吃，我能接受和欣赏。

绿绿：到底怎么牌子的普洱才纯正呢？市面上买的普洱好像都是假的。

答：去固定的一家，买熟了，当成朋友，较为可靠。

D小农：另外看到一些食评者经常推荐三文鱼刺身，而您说那个不能生食；还有，吞拿鱼生食可以吗？

答：吞拿可以，也要看是什么店。真正吃刺身的地方，讲究鱼解冻后四小时之内吃光，否则已长菌，非一般假鱼生铺子可比。

陈一索：学生此刻在外宵夜，看到这杯普洱忽觉羡慕，因这家店里仅供应冰水。先生，是不是韩料理店很少有茶供应的？

答：是，韩国人不大喝茶，他们最多用滚水泡饭焦。

小贵贵：蔡生，我看到鸡啊，鸭啊，买回来都活着的时候，都不忍心杀它们吃，但我吃它们的时候自己又太伪善了。内心很是矛盾啊。

答：我常说，把生命奉献给欣赏的人，死而无憾。

ST戒烟仔：有一种茶叶，因为采摘时需要保鲜，确实需要采茶少女贴身保存，据说茶叶因为采茶人的体温，体味，转化成女儿（女儿家香气）茶。

答：爱上了才感觉香，不然只是强烈的原始嗅觉，不能成茶。

愉愉小店－笋干：蔡生，请问一下，哪一个牌子的橄榄油好？

答：意大利所有的Extra virgin 都不错。

victor卉龙：蔡生，请问一般茶叶能冲多少次？

答：我喝得浓，只冲三泡。

冀续压根儿不想乖：记得有次看蔡先生写的文章，说你不怎么爱吃芥蓝的，说吃起来像塑料吧～～～由此我从来不吃啦。

答：我说的是青源菜，芥蓝我爱吃，别乱转。

屿萝：蔡生，请问你是不是不喜欢新派糖水？
答：所有基础打不稳的所谓新派，我都讨厌。

Violining：先生早！想问问怀孕也能喝普洱吗？
答：喝淡一点的没问题，但最好去问老太太，我没怀孕。

wh_Ran：怎么芥菜只有两条？
答：我每次都忘了菜一上桌就得拍，这是吃到一半的。

anglewing俊：蔡澜爷爷，你一定要来一次新疆，让你尝尝最正宗的拉条子、曲曲儿、手抓饭、囊坑肉、巴哈力。
答：我会去的。

口十志成：蔡生早晨，每早我妈都为我做咸豆浆做早餐，请问咸豆浆有什么吃法？我是说可以加什么东西一起。在上水喝过一家餐厅的咸豆浆，加了小干虾、瑶柱丝、香葱以及油条。
答：还有榨菜粒，就此而已。

小胖子想回家：先生会为了美食做不安全的事么？
答：每次大啖肥肉，都在冒险，但发现值得。

俺是出家人：蔡生，您觉得羊肉怎么吃才最为过瘾？

答：生，我在黎巴嫩时常吃，极美味。

CrazyChan：蔡生会为每天不知道吃什么头痛吗？

答：不会。肚子一饿，自然知道。

yummysmart：不知先生有没有来过成都宽宅巷子？这里有两家"关门营业"的餐厅"子非"和"九一堂"，菜品精致，工艺精美，川粤菜兼有，海陆空食材兼备。堂内装修移步换景处处都有惊喜，当然，饭局价格也不菲，以万元计，不过真值得去试试。

答：去过喻家厨房，不错。

KING：蔡澜先生是否喜欢潮汕功夫茶呢？

答：也喜欢，但普洱多一点。

shi_nala：不知蔡生对香肉感兴趣不？

答：不感。

Myles陈灰灰：猪油捞面的话，还应该搭配什么呢？

答：好酱油。

鸟人王：什么酱油好呢？

答：调制适合自己口味的。

纯爷们儿六爷：蔡先生推荐下平时用的酱油吧。
答：九龙酱园。

shannyxu：蔡生，请问什么鱼适合清蒸呀？谢谢！
答：新鲜的，贵贱皆宜。

Allen24：蔡生，用西洋菜简单煮个汤，应该怎么弄？
答：新鲜鸭肾和陈肾各两对，排骨、大腿骨和瘦肉一块熬汤，一滚下大量西洋菜，再滚熄火，加盐即成。

蓝旗子主：请问是否汤渣如药渣，弃而不食呢？
答：不同，可食。

IBeRRyl：请教蔡生，今日洗了一个猪肺，如何保存？急冻？
答：最好马上煮来吃，一急冻就产生异味。

小雨Sarah：蔡先生，普洱在一天的什么时候喝最好呢？
答：从早喝到晚。

慕司黑森林：先生，请问在卤猪蹄或者炖猪蹄汤时，该加些什么？怎么处理猪蹄，才能把猪蹄原有的那种腥味去除掉呢？很是让我困惑啊。之前卤的猪蹄就是有股腥臊味，都浪费了。谢谢您。

答：别的不说，先洗干净。

赵晓筱：晚上好！今中午炖的排骨汤味道不好，不知排骨的事还是调料没有放好？另外，请问选排骨有什么诀窍吗？

答：相信肉贩。

索牛妹：先生，当你知道三文鱼有虫，不能生食之前，你有无食过三文鱼刺身啊？喜欢否？

答：不爱那种浓油味。

吃得饱D：先生，刚刚我爸炸了猪油，剩下的猪油渣还能做菜吗？他们留着，我觉得应该不能用了吧？

答：天下极品。

ivy_夏：为什么不用小杯？蔡生在用喝龙井的方式喝普洱吗？

答：龙井可用玻璃杯，普洱不宜。

零摄氏度夏天：蔡先生，我想问一下，毛豆一般怎么吃啊？

答：烫熟或炒。

victor卉龙：先生有喝过BALVENIE么？个人觉得那个很好。

答：高年份的好。

三喜斋：蔡生十多年前介绍，我已经效仿，一个月减了十斤！冬天在剧组中，本人常模仿蔡生，两壶热普洱犒劳大家。但蔡生曾经说到的云南红牌，我一直未寻得。

答：我有说过红牌吗？喝得多是云南七子饼茶，土产畜产进出口公司云南省茶叶分公司产品。

陈逸川：先生，我昨天才吃了炒福建面，放多多猪油渣，大马各地的福建面大至上都有水准。

答：羡慕。

赢和紫砂：一看就是熟普洱，喝了有害健康，应该喝有年份的生普洱。

答：你不懂普洱。

swinkydu：是否纸烟容易惹痰？

答：是。

隐居的国王：蔡先生早！我们是本家哦！昨天朋友刚拿来一块普洱茶饼，想问下，正确的泡法应该是像绿茶一样把泡开了的茶叶留在壶中，还是泡开了就取出啊？看到昨天喝了一晚的茶叶今早还颜色很深，倒了。

答：ST戒烟仔在这方面有点经验，可向他请教，唯此人甚傲，常开口闭口一个傻字，原谅他。

木木猪大人：蔡生似乎独爱熟普？

答：或者已旧得像熟普一样的生普。

victor卉龙：先生，请问普洱茶饼跟茶砖有分别么？

答：制法不同，通常品质最好的茶叶做成饼。

最爱kim：蔡先生，我莫名其妙发烧了，真的很难受。这时候除了白粥之外还有什么适合我吃？没有胃口。

答：看医生，吃药，休息。

兰花7475：蔡生，请问西瓜酱常吃容易致癌吗？

答：担心的话，喝水也能致癌。

雷小发：蔡先生，感觉在国内的厨师很少有对传统的坚持和执着，这是为何？我朋友说是因为厨师在国内的地位太低了，是这样吗？

答：薪金少也是致命伤。

5号菲菲：蔡老师你爱吃酒香草头吗？呵呵。

答：爱吃。

香橙班：蔡生喜欢吃半生熟的食物吗？

答：看是什么，猪肉不行。

蛛蛛7988：好像有一个节目是吃生猪肉哩。

答：那是加了浓醋后风干的，像意大利生火腿一样，可食。

静小默V：蔡澜先生：我昨晚蒸了红薯，今早洗锅的时候打开蒸屉一看：水变成了墨绿色！吓死我了。那，我的那个红薯还能吃吗？有毒吗？

答：染色的，丢掉吧。

劳力士不是金色：请问先生喜欢吃粉的莲藕还是不粉的莲藕呢？

答：谁喜不粉者？

VelinXiao：杏仁饼，蔡先生也不喜欢吗？

答：杏仁饼和饼干不同，前者可当甜品，后者只是无味的填肚食物。

MS小帼帼：蔡先生～我很喜欢吃茴香，你知道茴香除了拌肉馅和鸡蛋，还能怎么吃呢？

答：就那么咀嚼。

IBeRRyl：请教蔡生您博文中提及的猪心榡是何物？如何烹制？

答：是通心脏的猪血管，白灼后点蚝油吃。

ivy_夏：蔡生喜欢曼谷？我就在曼谷。是否能介绍一家蔡生觉得最好吃的店？

答：Ban Chiang。地址问旅馆门房。

lorty：先生，原来喜欢吃狗肉的我，因为养了狗之后对狗肉一点兴趣都无了……但为何养鸡养猪的人一样能吃其养禽畜呢？不解。

答：没有发生感情。

arana0：蔡生，请问绿豆芽如何炒最简便最好吃？

答：锅下猪油，等油热至生烟，放豆芽翻炒，撒鱼露，再兜两下，即成。

oths：豆芽似乎都不加油，先锅里煸炒收水气吧？

答：我的回复，用作参考，不是用来争论和质疑。

Keieoo：请教蔡先生，为什么挪威的猪肉很臭又酸？？？这里的中餐馆做出来的肉也是臭的。

答：不懂得调味。

evaholicjin：蔡生，请问您怎么看餐桌礼仪？还有吃东西吧唧嘴什么的，似乎很多人很反感。

答：我也讨厌吃东西发出啧啧声的人。

yaoniu妞：额，摩擦就有会有声音出来的呀，这个吧唧嘴怎么理解的？

答：为什么高雅的人吃东西不会啧啧声，想一想吧。

yhong88：我听说在日本，吃面要吃出声才是对这碗面的欣赏。是不真的？

答：吃面除外。

Daphnel：先生，一个人吃早餐可以煮什么方便又快捷？我是学生，每天吃早餐外卖很闷呀！

答：能够早起吗？否则不必埋怨。

创作巨人YC：我更讨厌在食肆门外黑口黑面排队，又对侍应呼呼喝喝的人。

答：我也是。

PorscheOnWater：讨厌嘴巴老挂着"客人永远是对的"，花一百元要一百零一元的服务，要部长送果盘、甜品、大声说话、频频讲电话扮忙的人。哗！再说下去就不只餐桌礼仪了。Oops! 离题了。

答：同意。

PorscheOnWater：还有抢着付钱、吵吵嚷嚷的情况。我会不会太挑剔呢？

答：不会，看不惯，是你的权利。

贺小竹子：请问蔡老，昨夜熬粥今晨凝成一块，如何处理最佳？

答：加水，再煮过。或者，打几个蛋进去，滚成蛋粥，加鱼露，撒葱花，即成。

Yyuuuuu：蔡生，点解成日都要加鱼露嘅？

答：我喜欢。

御风亭：蔡生，您在上海有否吃过比较地道的法国菜？

答：只喜上海菜。

O型天蝎座：不知道先生有没有回答过，印象最深的四川吃食是什么呢？

答：开水白菜。

宇宙可乐：蔡先生，因为我即将要去尼泊尔，那有什么美食吗？

答：没有，但有不同风味。

大范儿1867357020：蔡大师，深圳有什么值得去的餐厅或值得欣赏的美食吗？每每朋友来，这个问题就让我痛苦。

答：名人俱乐部的羊肉。

御风亭：可否推荐一二本帮菜馆？

答：吉士，老的那家，新的不行。还有阿山饭店。

酥酥亲娘：蔡生，本帮红烧肉喜欢加蛋？加墨鱼？还是百叶结？

答：只要是浓油赤酱，皆喜。

御风亭：谢谢！看罢您的《蔡澜常去食肆160间》，在香港按图索骥，总有不少惊喜，蔡生可有计划出一些其它地方的美食介绍？

答：有本叫《蔡澜大马美食行脚》的，刚出版，讲马来西亚餐厅，青城文化出版社，email：Sales@gfiction.com.my

hi一景：蔡先生，我在努力地减肥，每天都坚持锻炼一个小时，可效果不明显，一年才减下五斤。先生，我特别爱吃东西，已经成功拒绝零食的诱惑，以水果代替，但是冬天吃太多水果会觉得凉。请问先生，有什么吃了不会增胖还很有味道的东西以解馋毒？

答：一年五斤已很厉害了。吃魔芋吧。

太阿动玄黄：蔡生，鉴于你的照片成功勾起的我食欲，速扫视冰箱，有牛奶一斤，鸡蛋数枚，面饼数个，木瓜一只，腊肠数条，苹果一只。请问你有什么好提议？

答：腊肠蒸熟切片，用牛奶来发鸡蛋，二者加起来炒，面饼烫开。饭后吃水果。

xeroxparc：蔡生，牛奶发鸡蛋的发是怎么做的？学生百度不到。

答：打三四个鸡蛋进大碗，再注入适量的牛奶、盐和胡椒，大力搅拌。锅下猪油，待油热至生烟，倒下蛋，迅速翻兜，即成。

张骞心：这份炒饭好香。我曾用那位著名的炒饭大师的材料自己炒了一次，真的很美味。一份5000港币。为stanley ho掌勺，一般都不出场的，蔡生一定认识，真的很好吃。

答：送给我也不吃，那种手艺收五千的话，我炒的，至少要卖五十万了。

陈卉龙：先生，煮牛肉时牛肉一直出水，是锅子不够热吗？

答：牛肉尚未完全解冻。

直视艳阳：也可能是注水牛肉。
答：可能。

huieye520：想问蔡生，现在的鲍鱼是不是基本上都是人工繁殖的？如何区分人工养的鲍鱼和天然的鲍鱼。
答：吃过就知。

Wweil伟：蔡生，那您是不是可以吃鲍鱼就知道人工繁殖或者天然的呢？
答：是，比较多了。

静静的凝视微博：猪，是世界上最可爱的动物。因为它贡献最大。不过这只小乳猪嘛，会不会提前了点儿哇？
答：屠宰后冰冻，由越南进口，那边猪农多，小猪产量丰富。我们是肉食动物，不亲手杀，可以较为安心，大的小的，一个道理。

warfeng：请问蔡先生香港哪家日本料理最好吃？
答：佐濑，荷里活道，近文武庙。

LUCKYDORA：蔡生认为日本料理的精髓是什么？

答：干净。

基撒高原的期待：看到楼下说不刮鱼鳞的烧鱼，想起桂林的啤酒鱼也不刮鱼鳞，还说是为了保有啤酒的鲜味不流失。蔡生，这是真的吗？（其实我觉得是懒）

答：有些鱼鳞与皮之间厚脂肪，像鲥鱼、鲤鱼，才吃。瘦巴巴的也带鳞，就蠢了。

吾系rita：先生，这个煎蛋应该怎么煎才好吃？我总是煎老了。

答：煎多几个，才来诉苦。

神的钟钟：蔡生，煲鲍鱼汤要怎样才能去腥味？

答：加姜片，上桌前滴白兰地。

蜜只只：蔡老觉得吃吃喝喝作为一种文化，其最精细的部分，色香味，还有个中典故，应该怎样更加完整地流传并且修行呢？

答：随意就行。

更猪楠的一些事一些情：其实一直想问蔡先生，鱼饭就是当咸鱼一样吃吗？

答：当菜送饭，潮州人叫煮鱼为鱼饭罢了。

陈均怡：蔡生，请问坐月子吃什么鱼好？

答：没坐过。

Phoenix_Ching：蔡生，请问甜酒酿的酒上面浮现了一层霉菌，弄掉霉菌以后还能吃吗？

答：那是好酒的菌，吃之可也。

冷酷仙境2010：请问蔡先生，如果炖猪蹄，没有姜，用什么去除异味比较好呢？

答：五香、八角等。

萱萱Samantha：加点黄酒也能管用么？

答：当然。

蜻蜓飞ading：蔡生晚上好，上次看您介绍黄脚鱲，特意去市场买来试，结果买过几次，无论大小均有浓烈的土腥味，极难吃。请问这是怎么回事？

答：饲养的。

laoying围脖：在台湾马友鱼叫什么呢？老师。

答：也叫伍鱼。

火星上的兔子：蔡生，母亲自家制的糯米酒太甜了，请问如何解决？混点粘米可否？

答：甜好呀，放久了就不甜。

bbw1129：您觉得最适合煮饭的大米是那种？日本新泻的米真的不错吗？

答：近来发现台湾东部的米也好。内地也开始出非常优质的，由专人种植。

白袜子512：蔡生好像很喜欢潮州菜。我们潮汕这边喜欢焖菜饭，有两种做法，一种是生米和材料一起焖到熟，另一种是先把饭煮熟再拌材料炒，前者香甜润滑，后者容易做，不知先生吃过没有？

答：吃过，后者像上海菜饭。

悠然知乐：蔡生，我自酿的葡萄酒因没发酵完就装瓶密封，结果现在成了危险品，试过开一瓶，狂喷了一墙壁，把满瓶的酒喷完为止，场景相当惨烈。不知余下两瓶怎办，希望不是凉拌。

答：放在冰格中，未结冰之前开就没事，冻成冰了瓶会破裂。

海上鹭鸶：请教下蔡先生，什么叫封？

答：用蔬菜把肉类盖起来焖。

傅三代ellen：黄金蚬～～生的，下去腌制，这个我就觉得还是我们厦门做的口味会好吃一些，我们腌制的会比较能尝到食材的鲜味，那种甘甜咸都恰到好处～～欣叶的这道蚬，我吃过，觉得还是要推荐我们厦门的做法。

答：没有谁比谁好，只是各有各好。

揭野：蔡先生，向您请教下，您煲汤用紫砂锅吗？市场上卖的锅您认为可用吗？用瓦煲您又觉得如何？

答：还是瓦煲好。

陈一索：很想知道，里面的豆花是何模样，是姜汁红糖豆花，还是简单的白糖水豆花呢？

答：台湾豆花，加了魔芋粉，令口感强，较一般硬，配料无奇不有。

雯_Joyce：多谢蔡生好介绍，今晚去佐Vlado食牛排，非常好食，外脆内软，最重要是有入口融化的感觉，另外前菜中的牛肝同甜品都非常唔错，食落甘香，而且好有满足感。星期二准备去赌场的Nobu食日本菜，不知蔡生有无的好介绍或者建议呢？

答：除了纽约总店，所有的Nobu都很差。

易－聪聪：先生，不会做饭可耻吗？

答：大家都做饭，餐厅还开得成？

墩墩GOGO：先生，你觉得猪蹄怎么烧最好吃呢？如果很喜欢吃猪蹄，又怕胖，怎么才能吃的更健康呢？望解答。

答：针无两头利。

小张关注：蔡老师，有人说吃猪蹄人会变笨？是不是真的啊？

答：不会笨，最多长得像猪而已。

创作巨人YC：蔡先生，吃辣的东西后，如何能避免肚子痛和"火烧后栏"呢？

答：只有吃木瓜和喝牛奶。

桐斐：蔡生，带子煮熟后有苦味是什么原因？

答：胆没清除干净。

诙谐肥仔：煲个三肾汤如何：猪肾、牛肾、羊肾，会不会太过了点？

答：放多点姜，也许味道还可以。

俺是出家人：蔡生，喜欢类似茅台的烈酒？还是喜欢威士忌？

答：在外国买威士忌，物有所值。

沈戈一：蔡生，喜欢single malt whiskey吗？lagavulin如何？还是百富？

答：只爱Sherry oaks。

红心一豪：最近听说木瓜并无丰胸功效，不过美容倒是肯定的，也好吃。

答：听说罢了，怎知无效？又如何证实有利美容？

LnSerena：请问蔡先生，现在这种天气，男人喝点什么汤水好呢？

答：好男人，喝什么都好。

桃小嘴：蔡老师，您看，作为美食工作者，我们必须面对吃素和吃荤的纷争，总会有人指责，您怎么看？怎么处理？

答：管得人家那么多，什么都做不成。

_假面舞会：古人所说的"过午不食"真的有利于健康吗？

答：因人而异吧。

不可含怒到日落：蔡生，教您一招，油炸的花生米，和甘蔗同嚼，甘蔗渣在口中的口感变成像吃菜梗一样的感觉，很容易就可以下咽。有机会试试哦!

答:我还是去吃菜梗好。

狐媚妖精:先生,您能一句话告诉我,您吃素的心得?谢谢您。

答:找不到煮素食的高手。

felicity的微博:请问先生,是否芥蓝水煮再加耗油最好吃?冰镇芥蓝我不爱,太冷了。

答:小芥蓝可白灼后淋蚝油,或加蒜泥及绍兴清炒,潮州人先把铁甫(鲽鱼干,广东人叫大地鱼)用油爆香再炒,加点生姜。大芥蓝就得用我方才提供的方法炮制了,把汤煲至稠,像汁。

逗爷Booby:菜神啊,梅菜扣肉的梅菜要怎么处理才能吃起来不会太干呢?

答:用肥肉中和,别无他途。

七三小狼:蔡生,我上次做红烧肉,前面慢火炖都挺好,最后收汁时用大火,结果全废了,焦糊的。

答:老人家说的,速而不达。

yam伟哥chris:妈妈说粽子剥皮时很多米会粘在皮上面,请问有没有办法改善？

答：可用普通米加糯米。

吉吉梦：先生，八爪鱼须怎样做才好吃？

答：干的话，可和排骨及莲藕熬汤；鲜的薄切生吃。

吉吉梦：鲜的八爪鱼须除了生吃外，还有别的吃法么？

答：白灼后和酱油山葵一块吃。

alexsandy：有人为宗教理由和健康理由吃素菜，既然如此，素菜馆为什么还要弄成假肉一般？

答：层次低啊。

青缘CY：对，还要用洋葱和白酒才是正宗好吃呢。我爸爸还在时吃素十多年，那时候作为没有跟他吃素的家人，也替他感受到外出难找好吃素菜之麻烦。其实如果纯以不杀生的角度出发，可以吃五荤和蛋奶，吃素的选择和乐趣会多很多。

答：不杀生的话，不可喝水，水有细菌。

逗爷Booby：酒肉穿肠过，佛祖心中留。

答：不愧为宗教大师。

梦旅人Heath：可叹的是，造物主当初创造万物之时，已经赋予了我们必须杀生才能生存下去的功能。

答：丰子恺先生说过，尽量不动手杀生。

宋媛微博：蔡生，我男友是汕头人，我做的菜都不合他胃口，想跟您学做菜。请推荐一本您的著作可以吗？

答：还是跟他妈妈学吧。

蛋卷：先生，容许我冒昧地问，吃东西发出声音是指嘴唇发出啧啧的声音还是指闭着嘴口腔内咀嚼的声音？曾经被人当面说过吃东西发出的声音太大了，但合着嘴咀嚼，还是会有声音。迷惘求解答，但愿没有打扰。谢谢。

答：先学习慢慢吃。

陈文帆：当喉咙痛时，面对比较热气的美食，如果是你，你会选择戒口还是尽情享受呢？

答：后者。

lava-gemini：蔡先生，我几乎四季都是手脚冰冷，冬季更甚，有何食物能改善一下呢？

答：老祖母曾经用过一件叫暖水袋的东西。

大自在王：蔡生，能够改善季节性手脚冰冷的，是党参，熬制成膏状，称为"潞党参膏"，服用一段时间，效果显著。

答：你是中医？有时乱推荐会害死人，香港有个专栏作者就是那么道听途说，我甚不以为然。

兰慧如：营养专家说凡是油都要少吃，您觉得呢？
答：听那群人的话，什么东西都甭吃了。

夜麒麟：您都会用"甭"字儿了。
答：只有你会？

大空放：这是肾虚，补肾是关键。
答：倪匡兄说：人要快乐，有两种人的话不能听，一是老婆、一是医生。何况此君不是医生。

冒爱财一：蔡先生要造访一个新城市的时候，通过什么渠道了解当地的美食呢？
答：菜市场旁边的小馆子，多数不错。

王_小挪：先生还没有回答我的问题呢，就是，香港最新开张的餐厅，您钟意哪家呢？
答：还没开的那家。

whalepark：想请教下先生，您怎么看那种冷泡茶呢，比如台湾产的玫瑰油切茶之类的？也是袋泡茶。

答：我不反对冷饮，但如何用冷水沏出茶味？

王珣2900：不知澜爷答过没有：澜爷觉得哪里的米好？小子不喜欢长粒米，觉得三江平原出产的响水稻极佳。

答：黑龙江五常的米，天下第一。

AI_夏：蔡老师，我想在厨房种些香草，有什么好的推荐吗？

答：罗勒、芫荽等等，太多。

yam：中国菜有类似日本寿司的食物吗？

答：潮州人自古以来吃鱼生。

creamydog：先生说的，让我想起小时候父亲在老巴刹常点的一小份鱼生。肉呈白色透明，洒些姜和葱丝，还有些麻油、生抽似的。是不是先生说的潮州鱼生？可惜母亲不给吃，怕我闹肚子，如今老地方不在，未能一尝。

答：去厦门街的发记可以吃到，得先打电话预订。

fish8023：蔡先生，请问煲仔饭用的酱油是什么酱油啊？

答：每家制法各异，有的熬猪骨，有的下甘草，有的加糖，最低能的是添味精。

刘成_723V：蔡生，请教一个问题，如果将火锅的汤底用普洱或者铁观音代替如何？

答：清浊不分了。

新沃尔马：去羊肉骚味的办法？

答：去了还是羊？

鸟人王：传说一位厨师很厉害，能把羊肉做出豆腐的味道，啧啧。

答：干脆吃豆腐。

ST戒烟仔：蔡生吃过马肉吗？喜欢哪种做法？

答：吃过，在日本，吃生的，味道尚可，之后就不试了。

失色的猫猫：先生，为何出去食蒸鱼，他们的酱油总是特别好味，是加了些什么吗？自己在家做不出这种味道！

答：和猪油一块滚烫了淋在鱼身上，味道当然特别好，我遇到劣鱼时，就只用鱼汁捞饭。

袁艾家：蔡生怎样看香港人的"茶餐厅情结"，茶餐厅有美食吗？

答：做得出色的就有。

bing冰快乐：先生，请教一问题，百度不到，潮汕话称"dai

鱼"，是什么鱼呢？就是长长一尾，刺细细软软的，经常做汤的。不好意思，麻烦先生了。

答：应该是广东人叫的九肚鱼。

bing冰快乐：先生对此鱼印象如何？我似乎得寸进尺了，嘻嘻。

答：用肉臊、粉丝来煮，再撒上天津冬菜，好吃。

四阿哥阿伟：蔡先生，你最喜欢怎么煮苦瓜？

答：螃蟹用大蒜和豆豉炒过，再用苦瓜去焖，一流。

四阿哥阿伟：但我在上海买的苦瓜焖很久都不软，是品种问题嘛？

答：又不是铁打的，焖久了一定软。

LUCKYDORA：蔡生喜欢打火锅吗？

答：没有烹调文化可言。

真事狐说：蔡生，今日煮了腌制的咸骨头，很好味。口感极好。能否给一个跟它搭配烹饪的菜单呢？万分感激。

答：用包心菜焖。

穆图烟：蔡生，我觉得肥胖不是吃出来的，而是自然而然的。例如有的人每天吃很多却不胖，有的人连喝水都会胖。我觉得人生在世，应该敢吃敢喝。蔡生同不同意这个观点？

答：敢吃敢喝当然是原则，我也明白胖瘦与遗传有关。基本上，胖不是罪，罪在于懒惰，勤劳可把印象改过来；像洪金宝那个胖子，才可爱。

Bratrice趣闻：蔡生午安，不明白想请教一下，青瓜三文治除了吃气派，其实跟美味有没有关系？

答：没有，单调平凡得很，是被王尔德歌颂出来的。

咕咕要努力上进：亦舒的每本书都会提到青瓜三明治，请问这个青瓜是生的还是腌制过的？

答：没有，把青瓜切成薄片，夹在两块涂上牛油的面包而已。

Ryan的天台：如果青瓜三明治单调，请问先生喜欢青瓜怎么做法？

青瓜切成薄片，用盐渍之。另边厢，虾米打碎和干葱、大蒜爆香，花生炒后舂碎，加辣椒和糖，凉拌青瓜，最后淋上青柠檬汁。

日日冲：蔡生，是姜葱还是干了的葱？谢谢。

答：小粒的红色干葱。

Brenda830：蔡生，鱼胶，就是香港人说的花胶，该怎么烧啊？

答：浸水发开，再用鸡炖汤。

beachbay：请问蔡生，到美国也能学到正规厨艺吗？

答：纽约和Napa Valley的料理学院叫CIA，有很高的水准。

青梅长蘑菇不开花：CIA ……原来是教做饭的。

答：此CIA非彼CIA，请百度。

桂枝Yip：Napa的那间CIA靓到好似古堡一样，坐落在如诗如画的环境。

答：还有一家大餐厅，由学生学习经营。

火星小鱼鱼：蔡生，英国的唐人街有什么推荐吗？知道英国其实没什么美食，但还是得吃阿。谢谢啦。

答：几家面店不错，贵得不值而已。

欢猪GG：佐敦翠华餐厅的隔壁的隔壁有间去骨海南鸡饭，蔡生有无食过？

答：正宗海南鸡饭不去骨。

beachbay：谢谢蔡生，您对巴黎的蓝带有什么评价吗？

答：天下最正统的烹调学院，以法文教学，非懂得不可，但在伦敦也有英语分校。

维尼的泡：都是洋货，中国料理呢？
答：最为落后，没有正规学院。

panpanwong：如果你去Brighton，一定要去当地的Brighton pier，那里有个印度的咖喱炒面，超级超级好吃，我匆忙地买了一盒，被4个女人瞬间瓜分了。有点孜然羊肉炒面的味道。
答：是的，印度菜已是英国国食，在英国有很多好的印度餐厅。

孙晓明明：澳洲以什么味美呢？原味的海鲜吗？
答：生蚝是不错的，但澳洲人多数吃来自新西兰的。

古法烧猪：蔡生，日本猪肉跟中国猪肉差别在哪里？
答：各有好吃的和难吃的。

凡间菩提：看有人问日本猪肉，我也想请教蔡生，为何日本便利店买的猪肉食起来似干柴，特殊处理过吗？
答：雪冻已久。

悠然知乐：蔡生，那种小小的牡蛎哪种做法最好吃？每次都是煎蛋，想换一下。

答：用豆豉、葱、大蒜来炒也不错。

Mirror静：做梦梦到喝过一种菊花蜂蜜，很清甜，回味很醇厚。想问蔡先生，哪里产的菊花蜂蜜最佳？

答：新西兰的不错。

叉烧达人：蔡生，你喜欢吃肥叉烧，还是瘦叉烧？

答：有人喜欢瘦叉烧吗？

叉烧达人：但有些肥叉烧吃下去觉得很腻，怎么办？

答：别吃。

阿适少爷：说到闽菜，不知道蔡生有没有吃过我们福州菜？印象最深的福州菜是不是佛跳墙呢？

答：油条、海蛰头、糖醋炒腰花。

fufu83：冬阴功汤放啥东东比较好一点？菜？鱼？虾？还是一锅混着煮就好？

答：功，是泰语的虾。冬阴是做法。

水母青：上次去泰国发现他们每一家餐厅的冬阴功和pha thai味道都不一样。每次吃都有新发现！

答：和在四川吃担担面一样。

Edward_Lek：蔡sir，80年代的茅台，你会用来配什么菜？
答：已卖到三万多一瓶了，拿钱去配吧。

小僧fodong：在此再问蔡生是否爱黄酒？我最爱绍兴太雕，不知蔡生觉得如何？亦想听蔡生谈谈黄酒。
答：我也爱太雕，在咸亨店外喝的那种。

快乐的甜甜妈咪：家人今晚聚餐，吃了表弟做的黄泥螺：新鲜黄泥螺用黄酒姜葱浸泡一夜，再加白糖、麻油、盐、胡椒、花椒等，最重要的是加一把切碎的新鲜小辣椒！美味带来美好心情。
答：想念吃黄泥螺的日子。

super小渔：蔡生，您好！想请教您打豆浆剩下的豆渣如何做菜？谢谢。
答：下猪油，爆香蒜，放豆渣，加点糖，一些葱，炒数下，即成。

妤晴_Fung：放酱油之后菜颜色变黄，请教蔡生，是得还是失？
答：用下过面的滚水去煮熟的菜，不会黄。

PenBee：扣肉是小时候望而却步的一道菜，那时觉得肥腻得恶心，但长大后尝试才明白到它的好味。为什么小时候连吃都不愿吃，长大却喜欢了？

答：那时身体不需要脂肪。

luxinxinV：看了先生的《十四代》，想起2006年去日本时买的一罐清酒，当时因为看罐子好看买的（直径15cm，高16cm，圆的，外面包上草绳的，开口在侧边），一直没开过，放到现在，请问先生这么久了还能喝吗？没在罐子上发现有效期。谢谢！

答：喝了就知。

颜俊嵘：蔡生，你在节目上介绍我们食鱼唇，不要食鱼翅，那鱼唇是鱼的那个位置？所有鱼都有吗？

答：鱼翅底连身体的部分。是消极的方法，其实也不鼓励。

欧尔薇：蔡生，有没吃过营养素，调理身体各种微量元素平衡的。如维C、维B、钙等，你相信这些营养素的作用吗？

答：不相信。

易－聪聪：先生，我今天本想跟外婆学做鱼(小鱼)的，但我看到死不瞑目的鱼儿在油锅里挣扎地跳时，却心生怜悯！请问这种心理还可以学厨吗？

答：厨艺精通时，鱼即死。

妮之媛：小鱼用黄酒腌制，让它醉死才油煎。

答：对。

诗人庄生：蔡生，传统美食怎样传承？

答：坏的被时间淘汰。

whalepark：先生，这两天在腾冲吃到一种菜式，是百合苞里面包着肉馅，圆圆的，看起来是一个完整的百合球，吃起来有百合的清香和肉香，推荐。

答：应该好吃。

诗人庄生：蔡生，我是一个喜欢做菜的人，之前问你猪油在常温下一般可以放多久。恳请回答，谢谢。

答：一个星期没问题。

十十大人：为什么芥蓝一定要拿猪油炒才香？

答：所有蔬菜都是一样。

兰慧如：蔡生，为什么鲜人参的外皮有的颜色淡黄，有的深黄？哪一种好？

答：放久了就深黄，但与红参品种无关。

_书单：蔡生，我每天都喝红茶加糖或者蜂蜜，请问绿茶是否也是可以加蜂蜜或者糖呢？

答：也可以，随你。

小屁1983：前几天买了只大龙虾，我不会弄，先是带壳就那样整只放锅里蒸，龙虾触须长身子大，好不容易才放进锅里，蒸好后，从腹部剪开把肉掏出来，然后蘸味碟吃了。蔡先生我很笨是吧？完全不知道怎么弄龙虾？

答：你做的也是一种吃法，自己动手，味道总佳。

悬崖之薇：那素菜馆子怎么处理蔬菜呢？我原来总觉得，蒜蓉爆香或加一点香菇汤也可以。

答：蒜其实不算素。

熊熊的指间岁月：葱姜蒜都不能算素菜，不晓得有没有说错。

答：对。

兰慧如：蔡生，我经常一个人外出，吃饭不愿将就，就会去到餐厅里，独坐一张大桌，叫上好几种菜，慢慢吃，样子是不是很傻？

答：我也一样。

甜蜜蜜18：我也会一个人午餐，不用去将就别人口味，但是基本一个商务套餐就解决。你独坐一张大桌子，叫上好几种菜，这个需要些许勇气，蔡生是男的，男人一个人吃饭有点孤独，反而增添魅力，反而加分，反而让女人有些遐想。

答：我很多独身的女友，出去都是这么吃的。

Princess_Ma：先生对可乐评价如何？

答：名字翻译得好，味道普通。

雪剑梅花：蔡生，自己在家炖羊肉时往里面加半只苹果和几颗山楂，是不是可以让肉烂得更快些，同时还带有一点果香味呢？

答：可以。

兰慧如：我看有人炖参鸡汤也加苹果，不知道这样做会不会抵消人参的鲜美味道？

答：有了人参，不必画蛇添足，但鸡中再塞入鲍鱼或鲜蚝，亦行。

稻草人一号：蔡生，我觉得水煮花生最好吃，请问，这个也是因为文化的影响吗？

答：我也喜欢水煮花生，另有一种是蒸的，也不错。

人鱼阿咪：蔡先生，您好！关注您的围脖已有一段时间了，现在才迟迟开口发言。不知先生有没有看电影*Julie and Julia*，我本是个好美食者，被片子深深打动。片中提及的那本*Mastering The Art of French Cooking*……

答：为自己订一个目标，人生之中，必将此计划完成。祝你好运，可以先从学习法文开始。

叫我孙小白：请问蔡生，为何先学法文？

答：那本书引用的法国食材及技巧甚多，懂得法文才能译出作者的神髓。

小眼斗斗：TAT大莹啊，咱俩以后不吃金枪鱼吧，现在收手也许还来得及。

答：蓝鳍吞拿也快被吃得绝种，少尝为妙。

小桦林：我是广州的一个吃友，今天到一日本餐厅去吃日本菜。最后结账的时候，账单上有一栏是茶芥费3块，类似茶位费。我想知道，正宗的日本菜，是否也有这一收费？还是免费赠送的？多谢。

答：当然不会收费，笑死日本人了。

Princess_Ma：先生饮酒喜欢到什么程度？微醺？浅尝即止？

答：看酒。

Ryan_CC：蔡生，想问一下，日本梅酒除了配日本菜，还能配什么菜呢？

答：什么菜都行。

白pat：蔡生，请问香港长洲有什么好的海鲜餐厅介绍？想带爸妈去那里饮饮食食。

答：长洲小吃多，看到什么就吃什么。

7点零7分：请问蔡老，何种蔬菜适合冰镇呢？

答：冰镇做法恶劣，低级趣味。

查小欣查笃撑：草头是至爱，但很难煮得好吃，有什么秘诀呢，蔡澜大哥？

答：锅大，火猛，油滚，冒烟，下菜，撒酒，加盐，少糖，即成。

查小欣查笃撑：好，明天去九龙城买两斤草头试煮。

答：你如果不用猪油，一切枉然。

查小欣查笃撑：知道，可惜香港街市的猪皮炸不出有猪香味的猪油。

答：可到衙前塑道，靠贾炳达道那头的"新兴肉食"。

六少爱CC：蔡老板，晚饭吃太早是不是会饿？饿了怎么办？

答：吃羊芝士。

SJY-K：蔡老师早！早餐吃了春菜煲，嗯，潮汕叫法，超级好吃的青菜，特别是大棵的！不知您吃过没？推荐！

答：我们这些吃隔夜草的家庭，必然接触春菜，又叫万年菜。

天堂加佰列：请问先生，这大芥蓝哪里出产的为好？芥菜就是广东北部的好，那这个大芥蓝呢？

答：香港本地的最为肥美。

amabel318：老师，我很爱吃茄子，在这边吃的川味鱼香做法最多，能不能介绍我一两种其它的做法？

答：火上烤熟，撕皮，加蒜蓉，淋酱油。

章鱼娃娃：先生，吃多酱油到底会不会变黑呀？

答：喝可乐才会，酱油、普洱及墨汁无妨。

DrHannibal_韩大夫：请问先生，吃过最好吃的萝卜是哪一样？

答：香港天香楼的酱萝卜。

lyt632：虾饺配上金箔，顿时觉得好奢侈啊。

答：这种心理，甚为负面。

耳朵当翅膀：一直搞不太懂金箔的作用，吃了对身体好么？

答：厨艺不精之人的手段。

花花小小女子：请教师傅，米粉您觉得有嚼劲的和煮烂一些的哪种好？我老爸喜欢做得烂一些，前几天吃到很Q的米粉觉得没法吃，香港朋友竟然说这种米粉才是所有人追求的。

答：各有所好。

25度：奇怪，蔡先生不是说袋泡茶的茶叶用的劣质，怎么也喝上了呢？

答：没得喝时什么都好。

开心的shinbear：Dilmah，在澳洲是一个很受欢迎的牌子。您当年有试吗？

答：试过，次货。

IBeRRyI：蔡生，茴香酒饮法除了兑苏打水与冰块，还有其它饮法么？

答：净饮。

我系李锦辉：蔡生，木炭中那一种算上品呢？长备炭，荔枝果木炭，橄榄炭。而橄榄炭是否只用来烧功夫茶呢？

答：都好。

蔡澜微博妙答之**处世卷**

bing冰快乐：先生，认识事物，怎样分别所去了解的东西是应该的，值得你去研究的？

答：试了再讲。

panpanwong：歧视是来自自己的感受，不是别人给的。你认为自己低人一等，那便是歧视；你要是觉得中国人、外国人是平等的，那受到不公的待遇，便是他欺负你。你或者反击回去，或者就忍下来了，跟在国内一样。

答：红鸡蛋。

g_ayumi：如何能做到不嗔不怒，不执不贪？是否需要时间的洗礼？

答：是，但是有些人行，有些不行。

鸟仔哥：年龄越大，看回年轻人做的事可笑吗？

答：学会了选快乐的，忘记痛苦的。

青铜111：有求于朋友，但不想低三下四，请教办法。

答：真朋友，直言无妨。

礼萍：先生：挚友竟然决定离开人生大舞台，我劝不动她，怎办？

答：尽力而为。

澹台宇：一团乱麻，如何解决?
答：清者自清。

hey你好：蔡生，请教一下：如果年纪轻轻就觉得人生没什么意思，打击重重，亲情、友情、爱情都无法让你想通。怎么办? 谢谢。
答：会毕业的。

高龄儿童贾贝贝：蔡生，智者如你，想请问"狂与狂妄"最大的区别是什么呢?
答：狂有气势，狂妄很小。

winnie_ski：想请教蔡老师，怎样才能提升一个人的智慧和内涵?
答：看书，别无他途。

TOTOLOYUYU_4ya：想问先生，怎样重新拾回斗志?
答：多恋爱几次。

shannyxu：蔡先生，你好! 请问，书读多了，阅历多了，是不是就越坦荡?

答：阅历多会变率真，坦荡只因想性感。

蚂蚁牛：蔡生，有个朋友聚会喜欢ＡＡ制，只聚会聊天，彼此花钱比较清楚；有个朋友聚会喜欢抢着付钱，彼此钱数不清，你请我我请你比较混乱。你觉得哪种使友情更好更长久？您是哪种或者赞成哪种？

答：友情深时，谁较富有谁付，白吃白喝的，一点心理负担也没有。

吴以琳：蔡澜老师，想请问你的意见：我现在做记者很开心，但没有"钱"途。想到自己三十岁了，不能不为将来打算。考虑马上辞职，免得一直"骑牛找马"却变成一直走不了。可是自己实在一事无成，想不到转什么工。你赞成我马上辞职吗？

答：别人不知，我自己四十岁后，才存了点钱。

Lobster333：蔡先生，我与母亲的关系有心结，要如何解？

答：坦白求原谅。

kinosukai：蔡先生，同事爱在上班时间逗我聊上司的是非，我应该怎样做才能让她住口？

答：不搭嘴。

Mewan美云：蔡先生，我有选择障碍症，购物经常犹豫不决，左挑右选拿不定心意。很困扰！请问如何是好呢？

答：女人的本性，不必介怀。

李慕吟：蔡叔叔你有治疗自卑的处方吗？给我开一个哈。

答：自卑并没有什么不好的。

雷斌：我有三重人格，A君追求外在，B君追求心灵沟通，C君洒脱物外冷静旁观。A和B的追求不一致经常争得我心烦，请教该怎么办？

答：ABCD，最讨厌这种烦人的纠缠。

孙小怪：蔡生，你会如何对待恶毒的长舌妇？

答：像蚊子一样一巴掌拍死。

sophieli0618：蔡生，有没有遇过交际恐惧症的人，可有药治？

答：当今大把宅男宅女，无药可救。

王诗诗Jose：蔡生，我15岁，有一朋友，说话总是批评人的口吻，常常对着我们说大道理，总是把自己说得品德很高尚！然而很多事她只懂说不懂做，明明年纪与我们相仿，却把自己装成一个睿智无比的人。我们一众朋友均无法忍受！很想请教蔡生，这样的人，你如何看待？

答：忽视。

cici颖：蔡生，我的文理相差太大了，今次考试单一科历史等于全部理科，我爸爸很生气，把我所有画具和我自己写的诗都整烂了。不知道如何是好。我是反抗，还是和以前一样默默忍受？

答：表面听话，默默照做。

哆啦R梦围围脖：蔡生，生活感情皆不顺，故迟迟无法振作释然，不知如何迈出下一步？该如何是好？望指教。

答：船到桥头自然直。

applepQ：希望有一天，像蔡生您那么豁达。

答：努力的话，绝对有可能；一懒惰，唉，来世吧。

不no拉：做到豁达之时，会不会一无所有？

答：需要更多吗？

暗黑糖果：先生，您现在还会有烦恼吗？

答：没有烦恼，何来快乐？

悠然知乐：蔡生，自由行深化后，我看到港人的服务质素在下降，对比前几年真的差别很大。同意吗？

答：我自己的没有下降，就是了。

lonelyzy：蔡生，我想请教您，如何能让自己变成熟？
答：不断长进。

haveh：关乎生命的时候，他不守规矩说明他很平凡；他守了规矩那是他品质德高尚，他值得称赞。但也不能因为高尚的人骂平凡的人啊，他们应该被体谅。
答：体谅多了，就被人看轻。

梁浅潜：先生，如何成为一个有趣的人。除了阅读之外的办法？
答：先学会每天大笑三百回。

郑春武Superman：蔡先生，您觉着，善恶看眼睛，真假看嘴唇，这个说法如何？
答：真假才要看眼睛。

桉可：蔡生，您答疑真是神速，请问，如何才能像您一样，一直保持赤子之心？面对可恼之事，如何才能做到不动怒？
答：活多几年就学会。

盟军是玉兔啊：不过，我觉得，逃命时，最要遵守的自然法则是效率。这也是人性。更何况，人在异乡，心灵着慌。还不能以一般的不守秩序论。

答：什么理由，任何情况，不排队的话，至少得让妇孺，不然连畜生都不如。

黄大仙_MasterWong：蔡生，请问，年轻人整天想发达，但现实又很无奈，如何好？

答：照老方法：下农村，如果还有的话。

飘踪无影：蔡先生对有点神经质的人怎么看？

答：我也有此毛病。

便子小姐：蔡生，想请问您是抱着种怎样的态度来回复微博评论呢？有很多公众人物都不会回复的呢，除非微博搞活动。谢谢。

答：既然要开微博，就得互动，就得做到最好。

宫悦：每次看蔡生的博总是会学到很多，而且领域极广，为何不开一档文化类的节目？

答：你是说这里不够文化？

蓝色德堡：哈哈，和情投意合的人在床上，基本是没时间吃早餐了。

答：不能老做，会脱皮。

YYeTs_NANA：看先生每次回答"找新的"，总觉得好玩。问问题的人如果能放下心事另找，何必纠结问先生。而先生偏偏只回答这两个字，哈哈。

答：相信我，除此之外，别无他途。

李慕吟：蔡生如果你觉得和身边的人志不同道不合，你还会和他们交朋友吗？

答：像倪匡兄说：不与你们这班契弟玩。

李慕吟：交不到怎么办，我身边的同学没有一个是志同道合的，他们基本上就是上完课就回宿舍睡觉，连猪不如，所以我很纳闷，因为我交不到志同道合的同学。

答：耐心点，会交到的。

叱咤903v：好想可以出人头地！

答：努力吧，没有直升机。

swancastle：请问蔡生现在有否因年轻时做了某事，或者没做什么事而后悔？

答：有用吗？

MsWean：蔡生，有时读大学不知为了什么。身边的同学都只埋头学专业知识，或忙着学生会工作，或找兼职，希望日后的简历能好看点，大家好像很功利很浮躁。总觉得现在的大学不是我心中的大学。您认为呢？

答：忍一忍吧。

211路终点站：蔡先生，请问怎么样才可以把自己很急的性格改掉，控制自己的情绪？

答：我也急性，到现在还改不掉。

清凉77：看了众多人因众多问题向蔡生提问，其实回答都是一样的。凡事简单，由爱出发，不知是否对？

答：对。还要快乐。

李锦安：很少碰到介意别人叫自己名字的人。

答：很少碰到没教养而不自觉的人。

贝壳有回声：请问蔡生，您如何看与人比较这件事？

答：和昨天的自己比较才管用。

曾威_breakones：蔡生啊，请教下该怎么办。我是一名高中生噢，为了考上大学，现在在学习美术专业，但是这并不是我中意的，我喜欢表演，但是爸妈都不支持我，每次都为这事吵架。该怎么办？我又没能力来负担学表演的钱。唉！

答：如果你连骗父母同意的才华都没有，就别去学演艺。

丁雨园：蔡生，喝酒喝得酣畅吐心言是一件很棒的事情，可事后酒劲儿上来却难受万分。如何处理这种心理和生理的落差呢？请指教。

答：多醉几次，就能毕业。

湘南海鸥：蔡生，领导老是让我帮他值班，怎么办？

答：能忍就忍，不能就逃掉。

阮小软：蔡先生，如果有人欠钱死活不还，有什么有用的方法对付吗？

答：能借钱给人，首先别想人家还。

啊谆：蔡先生，一位家境贫寒的女大学生，在毕业前两个月她爸爸查出双肾衰竭中晚期，她应该去找工作赚钱凑医疗费，还是应该找个有钱人结婚让男方出给爸爸钱治病？

答：两样都行，要是找到的话。

LUCKYDORA：请问蔡生怎么看待那种肆无忌惮，喜欢说三道四的人？

答：歧视。

澹台宇：蔡生有无失败过的经历与经验同我们分享？

答：我只记得欢笑。

被窝里的小火柴：蔡生，文凭在您看来有多重要？是否没有上个好的专业或学校真有很大影响？

答：有实力的话，不必。但我还是劝各位，一纸在手更佳。

桂桂贵：先生，今天我成功跳槽并要到自己想得到的薪水，虽然对方也提出较苛刻的测试条件，但我无惧。想来谢谢先生。观看先生微博有些时日，先生淡定自若、自信坦荡、豁达无碍的思想观点给了我极大的自信，才让我跨出这一步。谢谢先生，晚辈受益多多！

答：是你自己的努力。

沉黛：先生，您离开旧地去新地时，是否不舍难过？对于女子，您觉安定好还是跟着心漂泊？

答：人总要离开，是异地，或人世，尽量活得好就是。安定要忍，漂泊得耐寂寞，各有好处。

春熙谜锦里：蔡生，我现在很胖啊。请教蔡生有没有减肥的好办法，和抵御美食诱惑的办法？我很喜欢吃，已经变成一种爱好了一样。

答：任何事，都要付出代价，帮不了你。

84tango：人总是有惰性的，周围没那个环境，不是人人都可以拼起来。

答：消极者，跟不上。

丛臧囝图：难道唯有逃离这社会吗？移不了民的不是只有死路一条啊。

答：那么自我下放，耕田去。人，不是那么容易折断的。

Liiiiiiiiiiiiii：蔡先生，我欲望太多了，活得很累，救救我？

答：冲冷水澡。

HAPPY953：蔡生，我现在有个难题，我和妈咪现在身在美国，但是我妈妈说要离开，可我不想，我想继续学业，还有我的兼职，但她发飙要走，我可以不跟她走吗？这样会不会很不孝？

答：你已是一个独立的个体。

影子shadow_wu：蔡生，暗招是不是一定不要接呢？抛出暗招的人一定不会承认。

答：忽视就好。

稻草人一号：蔡生，我只有22岁，也觉得人生无常，所以发生了什么事时，选择解决方法前提条件是快乐最重要。那么我是不是心境太老了？

答：思想成熟，好。

Ocean华：既然不能逃避，为什么不能去享受呢？所以我会把自己的笑点放得很低，为的是让自己尽早恢复。

答：态度正确。

张芳芳芳芳：先生认为应该怎样做才可以忘掉别人对自己的伤害？

答：相信自己是大人，确认对方是小人。

钢牙超人：蔡先生，见到生人我不知说什么，一点话题都起不来。请问您是怎么和陌生人对话的？

答：从生学习，熟了就不当什么一回事。

吃饱的幸福：谢谢蔡先生，爸爸是我最崇敬的人，他年轻时在新疆支边，右手被卷进机器，严重伤残，可从不悲观，自学成为工程师，现在退休了，用两个手指学会计算机打字，现在还打很快呢。一个人，有这样的精神，一世都精彩。

答：值得尊敬。

考拉妹妹岳儿：先生，面对三番五次总是在身后拆自己台的人，应该如何对待？置之不理？

答：打一巴掌。

双鱼的粉丝：委屈，真委屈，想骂人。来先生这里发泄一下，唉！卑躬屈膝的感觉真！难！受！

答：没什么大不了的。

NT_cho：蔡生您好，在您遇到进退两难而又找不到其它出路的时候您会怎么做？

答：逃之夭夭。

滢滢sue：现在自己赚生活费，突然觉得，青春就是贫穷。真是痛并独立着。

答：有些贫穷的人也活得快乐。

yogourtbanana：蔡先生，做为心眼小的女人，总不开心怎么办啊？

答：自掌。

梅花鹿公主：先生，她自掌好残酷啊。

答：别担心，人家面皮厚。

张于惠子：蔡老师，如果突然失去人生的方向，我知道首要的是一个人静寂下来仔细思考，但是到什么样一个境界才能找到自己明确的出路呢？很是烦闷啊。

答：人生过程罢了，很快就没事。

蔡澜微博妙答之**情感卷**

H_Hawaii：我昨晚做了一个怪梦。不知道怎么地遇到一个男孩子，之后他带我去楼顶冒险，突然出现几个女孩子，我们的关系发生了变化。梦里感觉他仍然爱我，但得不到的他的挽回，最后我走了。这天是世界末日，海水淹没了半个城市，但身边的人似乎不在乎这一天的到来，我向海水那边跑去……

答：性压抑的梦。

阿拉泡饭：那我昨天晚上梦到我爸买了两只龙猫给我，这说明什么？

答：宠物狂发作。

Myles陈灰灰：蔡生，我刚知道外婆去世，很伤心。由小到大她很疼爱我，我没信仰，爱吃肉类不爱吃菜，但我愿为信佛的她吃一个月的斋。我是学生，没经济能力，之前没有买好的东西孝顺她，这算是我现在唯一能做的事了。还能做什么才能让我心情平复？

答：手抄《心经》回向给老人家。

MECACHUNG：常与友人爱人拥抱，却发现多久未拥抱自己的至亲。

答：同样的，很多人每天抱宠物，却不抱抱父母。

MTOC：蔡生，我追女仔半年了，找到第三个，至今还未成功，经常自寻烦恼。

答：多找几个，烦恼自然消除。

Joanna814：蔡生，他跟我说不会有结果，但是我还是不想离开他，这算是堕落吗？

答：不是堕落，叫纠缠。

丸仔小QQ：蔡生，你觉得，人生一定要有爱情才完整吗？我觉得能够周游世界，看遍这个世界的精彩也是一种完整。为什么很多人执着在爱情里无法自拔呢？

答：说得也对，等到爱的来临，观点就会改变。

双鱼的粉丝：届时已三年单身生活，一时心血来潮，注册了相亲网站，看到纷至沓来的信件又莫名其妙的烦！蔡老，都已入轻熟时代，我是否需去看看心理医生？

答：缘分自然会到。

奈耐NANA：先生您好，我和前男友分手了，他却一直纠缠我，我该咋办？

答：是你理他，不理的话，他不存在。

漫谷萤：先生，心情十分十分十分低落，该怎么办？刚哭过一大场了，哭得头都有些痛，还是难过，想去喝酒，又觉女生酗酒不太好。

答：冲凉，不准开热水。

金色热带风：女人生下来的任务就是要把猪变成男人？

答：她们也有把自己变成母狗的本能。——当然有例外。说女人坏话时，都要加上这么一句。

口十志成：先生，请你务必回答晚辈，与旧女友分手，方知已孕，可去意已决，谈妥分毕。三月后，打听得知她立意生下，此时的我已有新女友，此时的我很纠结，微博所限不能详诉。你是如何看待此事？

答：这一条和友人胡先生在火车中同时看到。他代答新照娶，照顾旧的。

sue蕾：蔡生，喜欢上一个自负的人，是不是永远都不会有得到真心的那一天？

答：确实。

张骞心：蔡生，问一个题外话，我先生强迫症真的很严重，他会不停地思维跳跃，比如一早他最早起床，催大家起来，等我们大家都准备好了，他开始磨蹭了，不是上厕所就是其它事，每次都这样。当然还有其它表现很严重的。这里没有正儿八经的心理医生，所以我很苦恼。

答：回娘家住吧。

spwb：我失恋了，感情还在，就是感觉思想性格不合，老吵架，但很舍不得，我该怎么办？现在还在准备考研。

答：放下。

甄XX：蔡生，父母结婚二十载，父事业失意，赋闲在家，心中郁郁。母事业有成，不堪父多年情财淡薄，决意过自由生活。父不欲，遂陷偏执痛苦之中。双方与我详谈，各有悲戚。鄙人已试种种，皆无可挽回。请问如何开导，令父振作释然？

答：做儿女的，无可奈何，我亦无策。

小圆点点M：先生，我才22岁，但已经有一个在一起5年的男朋友，目前感情还不错，但我总是担心漫漫长路，不知道他能不能抵挡外界诱惑。怎么能让爱情一直保鲜呢？

答：别担心，到腐烂时，你就毕业了。

书圆之人：先生，我很赞同一个男人或女人多个情人，但只听先生说过男人可花心，那么先生对女人多伴侣又是怎样的看法？

答：也花心，但有趣。

TW玮：喜欢一个女生，但那个女生只把你当朋友，怎么办？

答：找别的。

彩铯铅笔：先生，七年的感情，分手后哭了一星期，生活开始恢复正常。只是开始糊涂，到底是爱还是不爱，以前好多都想不起来，或是想起来也像在看别人的事，没有难过或开心。这是逃避还是毕业呢？

答：毕业。中学。人生之中，还有大学，以及博士学位，最后成为教授。

小圆点点M：先生，当教授之后是否就百毒不侵了？那是否会丧失了"爱"这个功能？

答：也许失去，但懂得珍惜。

双鱼的粉丝：呵呵，中学毕业三年了，一直不敢步入大学。蔡老，若一朝被蛇咬，十年怕草绳，当取何解药？

答：不上也行。

吃得饱D：先生，两人的感情发展到血与肉般，分不清彼此，不知不觉中你在呼吸着他的空气时，可为之腐烂？

答：成熟。

260nicole_：蔡老，你好。男友说我们性格不合，要分道扬镳，让我彻夜难眠。我一直知其和前女友纠缠不清，我心里很难受。事到如今，我仍想挽留。因为放不下太多，该如何做？

答：放心，暂时分手，他一寂寞，就会再找你，到时看你要不要他。

陈温迪：蔡生，我男友之前连一毛钱都要同我算得清清楚楚，我因此对他发过脾气。现在虽有所改善，但我有个心结，应该怎么办？

答：远离。

天使魔鬼玩泥沙：先生，之前的问题在于三个月斗气闪婚，根本没了解，以致婚后从未快乐。如果所有人都说老实的男人不好找了，所以不能放弃，那还有什么方法维系呢？

答：你的错，自行解决。

天使魔鬼玩泥沙：既是错误在先，是应将错就错还是改正错误？我从小受先生书籍启蒙，追求的生活与凡人略有不同，今次唯愿听先生一指点！

答：唯有取其一，尽量减少痛苦。

凌子马大嫂真实婚恋网：蔡生又不是婚恋咨询师，怎么可能给你很好的建议呢？婚姻大事还是找专业的人咨询吧。

答：对，找你好了。

蘑菇二小姐：蔡生晚上好！请问如果一个花花公子在交往半年后主动向一个女人提出同居，并把房子钥匙给了女人，说明什么？是不是这次是认真地想安定下来了？

答：可多打几把。

方安喆：蔡生，您真好人！四月前因对方摇摆，结束一段感情，当时清清楚楚不合适之处，如今念及的尽是对方的好。如何是好？

答：向对方道歉。

Christina_Yip：女人觉得那是自尊问题，即使分开也要是自己离开的！就是面子问题。

答：又是自尊，又是面子，好厉害喺。

manljing2006：蔡生，一个女的说一个男的笑起来可爱，意味着什么？

答：有好感，那还看不出吗？

宫悦：蔡生，如一个女孩被一个很博爱的男人纠缠，她也知道这个他周旋在很多女孩中间，该如何得体地让这个男人知道自爱，别再来纠缠自己？

答：直接拒绝，是最有礼貌的。

小诚列传：蔡生，你情投意合的人笑着对你说：最讨厌你了。你会怎样做？

答：找新的，做后备。

你今日鱼柳包左未啊：蔡生，我老公人品很好，但有点迟钝。三年了，我总是改不了坏脾气，他一反应迟钝做错事，我就骂得他狗血淋头。怎办？

答：别担心，他会找新的。

panpanwong：人都是有欲望的。无条件不会永远的无条件。

答：婚后改条约，和官方政策一致，向国家学习。女人，厉害。

小胖子想回家：先生。我现在就开始担心以后要是结婚碰到小三该怎么办？奇怪么？

答：还是担心会不会掉头发吧。

唱歌跑着调：蔡生，我还是不理解这句话，能帮我解释一下吗？或许它没有道理？"男女间不存在也不可能存在友谊，所谓男女之间的友谊，不外是爱情的开端或残余，或者就是爱情本身。"

答：大一点自然明白。

黎小烨一起亲爱精诚：蔡生，母亲周末生日，送什么礼物好？

出来读书才发现，母亲的爱最不计回报。想起也会鼻酸。

答：抱她。

理由很多小姐：蔡生，为什么有的人，在爱情里可以做出一副深情的模样，可转眼就视你如陌生人？心里兜转想不明白，有时候还会去怀念当初不知真假的美好，想得心口生疼，我该怎么办？

答：换人。

260nicole_：蔡老早，怎样正确地表达爱？怎么正确爱人？

答：爱，无正确与否。

yhong88：蔡生，如果有一个比你年轻很多的未婚女子喜欢你，你会怎样处理这样的感情问题？

答：到了再讲。

鸟仔哥：先生怎么看学生早恋？

答：早熟就早恋，正常。

settling101：蔡生每次回答都是如此的简洁，因为您不是当事人！

答：对方已够烦，还要参加一份？

新人_：敢问蔡先生，有一个跟自己很好的朋友，有一女生，他明知我很喜欢，可是前几天却跟她一起了，我应该恨他吗？

答：天下女人多得是。

芒果满满馨：请问女孩子25岁前，把握什么最重要呢？嘻嘻。

答：别怀无父的孩子。

Smoking8023：怀了，对方已婚，怎么办？

答：找医生，当小的，或者自力更生做个单亲妈妈。三者择一。

Smoking8023：我后来找了医生，之后不久就分了手，到现在四年了，常做恶梦。如果生下来，今天孩子也应该三岁两个月了。不知道当初做得对不对。蔡生，多谢。祝身体好。

答：决定的事，只要不后悔，一定是对的了。

蚂蚁牛：请问先生，怎么才能改掉慢性性格啊，很慢那种。

答：自掌五百下。

Olive_PolyU：蔡先生，我的男朋友是virgin boy，但我不是virgin girl，心里好难过，怕他知道的那天会失望。我很喜欢他！怎么办？

答：什么时代了！

不血腥玛丽：蔡先生，有个问题我疑惑了很久，为什么那些男人总是要求在分手以后做朋友？我很想听听你的答案。

答：不想太伤害对方的感情。

小马克杯子：亲爱的蔡生，我男友计较公平，金钱和感情都是。我对他感情还没那么深，所以他开始掂量算计着爱我了，怕收不回成本。我感觉有点郁闷，向蔡生请教。

答：去做会计师吧，别谈恋爱。

yeungtse：蔡老先生，您好！我想请教一下，我女友从小就是不吃姜，不吃苦瓜，不吃肥猪肉，有没有办法让她改变一下？姜跟苦瓜是很有营养的啊！又好吃！

答：女友知道你喜欢她，所以更任性。算了，劝来干嘛！

白月醉香：所以女人不要那么笨，不要一切以男朋友、丈夫、家庭为中心，凡事一定要给自己留后路，有了钱宁愿存起来也不要奉献给男人。

答：还没遇到真爱时，可以嘴硬。

啥啥呀：蔡生，有朋友说，找老公是睁着眼睛再投一次胎，您以为然？

答：情到浓时就嫁，没有大道理。

天下流白：请教蔡先生，失恋睡不着，失眠很严重，怎么办？
答：不睡三夜，我不相信你会失眠。

曹惠惠：先生，当自己想要的丈夫和妈妈想要的女婿根本不是一个标准的时候，我该怎么做？
答：嫁的是你，不是妈妈。

林静可：蔡生，我想和男友分手，因为我的父母不同意，但是我又不舍得就这样没了他，我该怎么做？
答：什么都不必做。

MTOC：请问蔡生，情侣之间，是不是莫去了解对方的过去，只享受现在比较好？
答：当然，这还用说吗？

杨Shiloh：问世间情为何物啊。
答：还是问金庸先生吧。

啥啥呀：蔡生早安，女生怎么办呢？该主动追求吗？对"剩女"一词有何看法呢？
答：一直在喊平等，为何不能主动？"剩女"一词，我不喜欢。

佛山平哥哥：蔡生，老婆每个月都有那么一次对我冷淡几天，我跟她说话，她就不出声，我可以怎样做啊？

答：你能做些什么？除了当对方月事来原谅。

___Daisy_：蔡先生，我是否应该和继母，还有她的子女搞好关系呢？周围的长辈都那样劝我，但我觉得那样好累。

答：不必主动，顺其自然。

元气的小马：蔡先生，他从不顾忌我，平日里都不主动与我联系，可到许多决定性的时刻，总能照顾我的感受。我该怎么经营我这感情？

答：应该满足。

卢君君：喜欢了一个只是想玩弄我感情的人，还好发现了，但却心有不甘，不知该如何是好？

答：吞下，过程中你也高兴过。

偶是瓜瓜：先生，对同性恋有什么看法吗？

答：大人的事，自己决定喜恶。

52babyfang：先生，已经有两个女孩子（一个前女友，一个现在女朋友）说我喜欢把我的思想强加到别人身上，难道我真是这样？

答：谁知道？自我检讨。

bing冰快乐：先生，将来的丈夫如果有了外遇，您觉得我该怎么做呢？

答：想得太远太多，会发神经。

哈根你个达斯：蔡生，我是一名大学生，我心仪一个学生会同一部门的女生，可是不知道该不该表白，怕被拒绝了以后共事时尴尬。心里纠结。

答：不试怎知？

小胖子想回家：有朋友说嫁不到自己爱的人，就嫁个有钱人，让父母过上好日子。先生怎么看？

答：也是一种态度。

Sandyla：蔡先生，我好像喜欢上一个做特种狙击手的人。你对和这种人谈恋爱有无什么看法？

答：他会很专心。

Sandyla：可是因为他的职业很特殊，我总觉得很危险，也很担心他的安全，而且常因为有任务，而不能呆在身边。

答：找新的，别纠缠。

悀洛：蔡澜先生，我17岁，没有谈过恋爱。我是一个很保守的女生，父母不支持早恋。现在这个年纪没有恋爱过的人很少，人家说长大会后悔年轻时没有恋过，您说我是不是该有一段恋情？

答：别强求，顺其自然。

悠然知乐：情投意合的两人未确定关系前的猜疑和暧昧时期是最让人记忆深刻的，就像鲜花一样，含苞待放才最美。是这样吗？

答：对。

dennischerry：在追一已有男朋友的女生，自己实在太喜欢，她自从知道我喜欢她后，似乎刻意不提自己男友了，请问蔡生如何看待挖人墙角这事呢？

答：未婚嫁，无负担。

没心没肺没肠子：蔡生，男友爱用冷暴力，怎么办？

答：赶快离开或报公安。

彩艳铅笔：先生，我家就有像蛇一样的亲戚，母亲说不要再来往，父亲表面答应，最近来往太频繁，俩人开始为此吵架。不知我该不该从中调解，又不知怎样调解，又怕母亲生闷气和以前一样生病。很无奈，恳请您回答一下学生。

答：抱着妈妈，向她说我支持你。

小娜妹：下定决心跟男友分手，他苦苦哀求再给半年时间，他会尽自己努力去改变并去实现未实现的承诺，不禁还会想起过去的两年相处。心酸！

答：不必心酸，找到新的，即刻忘记旧的，女人天性。

摩羯冬儿：见到新的，即刻忘记旧的，男人天性。

答：对，但没那么绝情。

LiLi0雪：家庭主妇，丈夫忽然要离婚，不甘心怎么办？

答：自力更生。

木有鸭梨的鸭梨：先生，你这句话让我觉得你仇视女性，现实情况往往是女人比男人长情。

答：我才不仇视她们。

xeroxparc：想给喜欢的女孩写封情书，不知会不会太老套？

答：她们才珍惜，不欣赏的话，换人。

YC_Wang：我也是和喜欢的人从同事开始，互相欣赏，然后互相依赖，从而走向暧昧，最终还是看着她结婚了……桌面就摆着请帖……但是日子还是要过的，并且需要努力过，起码要比她的他过得好！

答：有种。

火花物语：先生，我很爱她，可是我又不可以告诉她我有多么地爱她，但是我又时时刻刻地想着她……爱一个人是不是都会很辛苦？

答：有苦有甜。

很硬的中年男人：我让她骂吧，我吃我的猪皮，她吃她的胡萝卜焖猪肉。女人骂一骂，我忍一忍就没事了。

答：好丈夫。

永沐伶喜：因寂寞而爱，也是爱么？

答：寂寞，是爱的泉源。

亼賦囧圕：我从不知道寂寞是什么，难道就没有爱的源泉了么？从小到大都不感到寂寞，内心不需要借助某种感情来填充，不知道寂寞是什么感受。

答：你幸运。

嫣然1846211052：请问蔡生，男人出外办事一周，会想家还是享受自由多点呢？

答：看老婆。

理由很多小姐：蔡生，已经放弃了的一个人，心底也明白了他是怎么样一个人，为什么还是会经常想起他，或者看到一些东西就会联想起他，但自己又十分清醒地认知，他是个已经离开的人。在努力忘记，可是，依旧会难受。

答：那不是难受，是享受。

混蛋先生：请问蔡先生，一个女生为什么喜欢当自己每次受过伤的时候，都沉迷于虚情假意的爱情游戏中呢！明知道这样反而会让自己更空虚和寂寞？

答：好像有人说过，女人，是不用来了解的。

黑白的华丽：蔡先生，请问老公对老婆结婚后总是充满挑剔，是因为爱她还是不爱了呢？

答：因为结了婚。

fd456：蔡先生，有一女生我认识一年多，一直甚有好感，最近几月常约她出来，她也欣然而来，我们也算有说有笑相谈甚欢。前几日向她表达心意，她却说有男友，我问为何总是不见，她说常出差。我心中伤感，总觉得是假，心想若是不喜欢我，直说就可，何故骗我。求解。

答：她尊重你的友谊，何必迫人太甚？

Cynthiaxie921：为什么男人可以前一天说有多爱你，后一天就叫大家分开冷静一下，然后分手？

答：娘为何嫁人？

小马克杯子：蔡生早！冒昧地问你：爱情能不能培养出来？非常感谢。

答：可以，不然丑人都嫁不出去。

很硬的中年男人：早晨，先生。您怕对您有非分之心（爱情）的女人吗？

答：多多益善。

cynicalK9：先生，如果你喜欢上一个有夫之妇会怎么办？

答：有时命运安排，避也避不了。

Sluttao：先生，我和之前的女朋友，因为她父母势利眼，强烈反对，分手了，她走之前说等我奋斗到二十五岁。可是一转眼五个月她就和一个有钱人结婚了。有点无语，四年爱恋就这么收场，你说我还该相信爱情吗？

答：应该再接再厉。

梓柔韵霖：蔡生，早！一夜无眠。本人和奶奶关系不太好，她总是以一点小事发难，有时家公劝说，反而将气发到小孙女身上，本人甚难过。

答：婆媳关系是中国人的死结，数千年如此，你不是第一个遭殃的。这么想，会不会好一点？

梓柔韵霖：我都明白，亦都处处忍让，但心痛孩子啊！
答：孩子会长大的。

小性感她妈：蔡生早。从之前受不了你大篇地回复众网友，到后来最喜看，专等着看你这样的回复。几乎一夜无眠，发觉离婚对于一个带着小孩的女人来说，并非关乎勇气，而是经济问题。
答：是，但日子总会过下去。

夕夕林：睿智的蔡生，我想求助：如果一个女生向交往不到一年的男朋友提出结婚好不好？那女生并非剩女，身边不乏追求者，但这次她觉得已遇上真命天子。男友平日工作太忙，聚少离多，她只想可以每日都在他身边，但又担心女方求婚，男方日后会不珍惜。谢谢您。
答：你不是第一个向男生求婚的女人。

此越越非彼月月：对于一些已没什么感觉的朋友，是否该说清楚，离开呢？
答：不必说出来伤人家的心。

Mc1ovin：蔡生，晚上好！刚才跟朋友谈话，说人有追求才不会觉得寂寞。但她说，她追求的是爱情，所以没有爱情时很寂寞，我该给什么反应给她？

答：给她爱情呀，笨。

s—s—s—wing：蔡生，古语有云：唯女子与小人难养也。若两者为同一人，我该如何应对？

答：逃掉。

s—s—s—wing：她乃是我的舍友，在学习生活上日夜相见，请问该如何逃掉？

答：绝交，当透明。

174的170：蔡老，我很不开心。家人催我结婚都催了三年了，而我一直未找到合适的。一直以来，我都是个充满信心、很乐观的人，但无数次的拒绝令我越来越心灰意冷。迷茫中。

答：啧啧，连这种事也渺茫。

蔡澜微博妙答之朋友卷

yasati：蔡生，和久别重逢的朋友的尴尬时刻可以怎么化解？

答：大笑三声。

swinkydu：这是你和倪老先生惯性动作？

答：不。倪匡兄笑的是四声。

Vanessa当当：呵呵，金庸先生几声？

答：两声。

Kisseileen：那么亦舒阿姨是一声吗？

答：她只是微笑。

小侯_：那三毛呢？

答：她吃吃地笑。

仕逸陈：古龙先生呢？

答：他酒醉不醒。

风火浪：平时常听先生提倪先生和查先生，忽然想八卦一下，您对古龙先生和梁羽生先生有何看法？

答：古龙喝酒张开口，倒入，不经喉咙；梁先生较严肃，像大学教授。

Bratrice趣闻：请教一下，倪匡先生的黑发，是真的吗？或是染的？（希望没有问过，如有先道歉。）

答：没染，愈来愈黑，他说是不用脑之故。

令狐冲杨过语嫣：前辈，金庸若学田中芳树写历史，当可造福。为何封笔？世间不缺演员，但永远缺老师啊。

答：为什么要学人家？

令狐冲杨过语嫣：敢问前辈：小说终究是个需要天赋和年轻的力气活，您希望见到金庸写出更多的社论和历史研究文章么？我是希望的。由己度人，实在是惭愧。

答：我希望他以其说故事的能力写佛，可编成一部比《圣经》更有可读性的著作，但事违人愿。

SoulIII：忽然想起王泽先生来，就是画《老夫子》的那位，先生可曾看过？

答：我们认识多年。

嘛仔：先生，请问王泽先生还出版《老夫子》吗？我好久没听过《老夫子》有新书了。

答：由他儿子出版。

最电影：金庸先生真把自己当大师了？他似乎是香港四大才

子中另类啊！

答：我们当他是大师。

穆图烟：请问蔡老，金庸爷爷现在每日玩什么？

答：看书，做学问。

蜀山修士：快，把查大侠也拉到微博上来吧。

答：跪请也不到，还轮到你来拉？

烟雨水墨：蔡生，如果推荐一部倪匡先生的著作，您会推荐哪一部？

答：《老猫》。

梁匡Matthew：蔡生，总觉得金庸大师之后的武侠小说作家，就黄易的比较好看，请问您对黄易的小说有什么评价不？

答：不可与查大侠相提并论。

与与2046：蔡老师，想问你对唐鲁孙怎么评价？

答：尊敬。

穆图烟：没想到蔡生还看贾平凹、许地山这些对你来说后生辈的作家，佩服。

答：不可叫许地山为后辈。

澹台宇：金庸先生笑傲江湖，对美食美酒似有研究，真实生活里，他乐于此道么？

答：乐。

金什么：蔡生知道台湾的阿基师吗？有没有请他做过鸡蛋？

答：认识，还没机会找到他做。

杨翱：店主应是新疆人吧？

答：帕莎，电影《海市蜃楼》的女主角，愈成熟愈漂亮。

爱桃如意：蔡生，杨慧珊小姐是一个如此特别的存在，能否形容一下你眼中的她？

答：一位达到更高层次的女性，演员之中罕见。

治安佬：我记忆中帕莎会咬人。

答：她说拍那场咬人戏，无心理准备，NG了数十次，翌日才拍成。

影舞乱梦：蔡生，您在书中说金庸先生曾瞒着家人和医生护士偷偷吃朱古力，那他现在还会这样吗？

答：还是爱吃甜。

花珞：蔡生，你会介意晚辈叫你叔叔、伯伯、uncle之类的吗？

答：我还好，黄霑最介意，他时常说叔长叔短，都给你叫缩了。

lily会淡出：蔡生，你爱过亦舒吗？

答：小说写得那么好，谁不爱？

穆图烟：蔡生拉亦舒来写微博，她的微博都是博文。请问蔡生，亦舒封笔了没有？

答：继续在写。

梦先生－G：哦……原来蔡生跟亦舒……很暧昧哦。

答：别乱想。

穆图烟：蔡生，我对师太是又爱又恨，她激励着我不断挣钱，把她的书都买下来，还有你，还有匡叔，还有林夕，还有古龙，还有梁羽生……请问蔡生，看这么多书有用吗？

答：看了那么多，还不了解吗？

肥嘟嘟er：蔡生，在男人眼里，女人到了几岁便成为了老女人？

答：好女人不老，请看朱玲玲。

悠然知乐：朱玲玲几岁？看不懂她实际年龄。

答：看不出才厉害。

双鱼的粉丝：蔡老，插嘴谈下曾经可餐的秀色……您最近可见过林青霞？她过得可好？

答：只在杂志上看过照片，还是美。

细声微语：蔡生，认识画家黄永玉吗？

答：他画过张画给我，是一只像酒瓶的猫。

KyosukeKanou：那蔡生喜欢Sam Hui唱歌吗？许冠杰唱歌好好，个人觉得！

答：可以。

Memory幻：那再问蔡生喜欢哪位女歌手呢？晚辈有点好奇。

答：老歌手，你不会认识的。

冰刀妖：邓丽君喜欢么？

答：可以。

微言博智：会不会是周璇、白光、李香兰？

答：李香兰可以。

王珣2900：澜爷，求证个事，传说倪匡先生的书房里摆满满的，都是他自己写的书，是真的吗？

答：从前是，当今几乎看完就扔。

礼萍：先生，您认识萧芳芳吗？她近来好吗？

答：认识，近来少见，她有耳患，但还热心公众事业。

水母青：蔡生觉得Nat King Cole怎么样啊？最近迷上了他的声音。

答：他的歌词每一个字都让人听得清清楚楚，不像当今歌手，唱一百首也听不懂一句。

纳大闷儿：蔡先生，您觉得林语堂的书如何？最近开始读其《生活的艺术》，很开眼界，感觉林先生真正是幽默豁达之人。

答：可以。

我叫沉小鱼：先生，您觉得莫文蔚这位女生怎样？

答：很有知识。腿美。

红鸡蛋：蔡生，有无恭喜倪匡啊？终于让他盼到孙啦。

答：昨晚相见，他说连自己都不知情。

爱因私袒：蔡生！今天看到八卦新闻关于Vivian的，很替老头子倪匡开心！同时希望狗仔以及其他无关人员别打扰他们和家人，蔡生你也很开心吧！可以代我问候老头子么？

答：我才不八卦。

诚诚211：蔡生，请问除金庸先生外，你还欣赏哪些作家或文化人？还让晚辈们学习学习。

答：香港的刘以鬯。

书圆之人：蔡生喜欢苏玉华的节目吗？

答：很好呀。

怪侠一枝芽：蔡生，女港星里我最中意红姑。不知蔡生对她有何印象？

答：我们是好友。

乔菲小妞儿：蔡老喜欢舒淇啦～

答：我喜欢她刚到港时的活力和辛勤，现在已有倦态。

咸鱼December：蔡老，能评价一下狄龙吗？特别喜欢他！

答：老朋友，电影圈中最正直的人。

最爱kim：其实一直不敢问您的……既然大家谈到这个话题……蔡先生看我的头像就知道我喜欢林保怡，他也邀请您参加过他当嘉宾的美食节目，您觉得保怡是什么样的人呢？喜欢他从十岁开始，可惜一直无缘得见。

答：电视圈中的知识分子。

书圆之人：在先生看来，黄子华称不称得上是年轻人呢？我总觉得他的作品或言谈中总透着一种不得志的抑郁。原谅我再问一次，因为实在不知先生是不愿搭理还是漏看，这是最后一次。

答：他是有点悲观主义的，我当面说过他。

forthebreeze：这样说来，金庸先生很会泡妞？先生原谅我用"泡妞"这个直接的词语。

答：他很厉害的。

神经奕奕：蔡生，李敖指出：金庸在他写的小说里歌颂行侠仗义，笑傲江湖，但他在做人上，在生活中是"市侩"，他的文章和他的做人不统一，文章是一截，做人是另一截，所以金庸是两截。你怎么看？

答：小说家的作品引人入胜，已赢。李敖做人如何，不知，但文章不比金庸好看。

Bratrice趣闻：先生可说说张敏仪吗？现在很少她的消息。先谢！

答：她很好，到处旅行，探望老友。

肥嘟嘟er：蔡生，亦舒现在生活怎样？她是否优雅老去？

答：是吧，久未见面了。

肥嘟嘟er：蔡生，有格调有理想如亦舒，是否也还是柴米油盐的生活？

答：是。她自己最清楚，常在作品中表白。

肥嘟嘟er：蔡生，我问过一个问题，您总也未答，但今日恳请您回答：您最喜欢亦舒的哪本书？

答：下一本。

ivy_夏：蔡生，亦舒本人是否如她书中所写的女子一个样子？

答：她写了很多个女子，如果个个都像，就会忙死她了。

ivy_夏：但我觉得她文中的女子都有一个基本的模子，美丽，聪慧，努力。蔡生，能否说说你感觉中的亦舒是什么样子？

答：她年轻时就是那么一个样子。

oyjffs：蔡先生，亦舒跟译书，粤语是同音，那么她是翻译高手吗？

答：她英文造诣颇深。

俺是出家人：蔡生，您有认识梁羽生先生吗？

答：梁羽生作品曾提及的诗人"柳北岸"，是吾家父，梁羽生是我很尊敬的长辈。

俺是出家人：传闻梁先生和查先生会有暗暗较劲，有吗？

答：各有阅读的价值。

一块大青石：亦舒书中写着，你欠她一顿料理哦。

答：已烧过一顿给她吃，是她欠我才对。

Myles陈灰灰：那蔡生觉得《哈利·波特》、《达·芬奇密码》如何？

答：好看。倪匡兄说得最对，文章只分好看和不好看两种。

鹰翔大地：蔡生，倪匡先生信耶稣后，会向你讲耶稣吗？

答：他才不会。

鹰翔大地：倪匡先生自己发现了珍宝，却不与好友分享，有点不厚道。

答：很多人在他的面前讲我的是非，他从未听进去。

王珣2900：叫你澜爷不算乱叫吧？敢问澜爷，四大才子应该是你最善食，不知谁最善饮？

答：我除了查先生是大师之外，我们都不当自己是什么才子。酒量最好的是倪匡兄。

NaNaaaaaaa：蔡生，我刚看您的《蔡澜品位》，有一集朱茵做陶艺，您说您一直很想做件事，然后过去抱着她，不知道为什么我觉得好感动。您是不是觉得女人认真做一件创作的时候很美嘞？还是就是特别偏爱做陶艺的女人？

答：不过是开电影中的一个名场面的玩笑而已。

Little—C丫：蔡生，好想问一下你，亦舒本人是否像她书中女性般潇洒？

答：不太像，有点影子。

EMME01：蔡生：您的老友黄霑先生离世六周年，您会想念他吗？

答：时常，不必等周年。

宅在家里的小阿丑：蔡生，现在网上有好多人都说金庸去世了，你怎么看这事呀？

答：脑残的谣言，毁害性极高。

张庆微博：倪匡先生真是豁达可爱。

答：他的散文比小说更有可读性。

沈宏非：蔡生何时再来上海？阿山常常问起你。

答：到上海一定找你、阿山，和老吉士。

令狐冲杨过语嫣88：前辈，前几天有人在围脖说金庸坏话。前辈以为，若以查大侠笔下人物作比，现在的金庸更像谁？退避的独孤求败或是隐居的杨过？无为的王重阳或是韦爵爷？

答：应该像乾隆皇帝吧。

俺是出家人：蔡生，阿山师傅是不是您好友？见到介绍，说阿山师傅烧的才是传统的上海菜。真的很想试试。

答：我是顾客，他是老师。

陶三姑：先生，倪匡先生近况如何？

答：久未联络，甚念，今在外地，返港后致电请安。

肥嘟嘟er：您们三人长得……越发相像啦。不知亦舒最近好吗？

答：没她的消息。

真猫猫：先生和其余两位先生的历次聚会，是不是都有说不完的话题的？

答：是。

影舞乱梦：倪匡先生在写什么？

答：分析《推背图》。

双鱼的粉丝：那倪先生是在写《推背图预言后续》吗？呵呵。

答：他的小说比《推背图》更准。

吕默：请问：倪匡老先生研究的是推背图第几象？

答：四十九？

龙浩锟：敢问蔡生，倪生有推出什么否？

答：好玩而已。

TandC：这次谁买单？

答：查太太。

小蛋糕高高：听说查太太对查先生管得很严，这个不让吃那个不让吃的，是不是真的？

答：哪一个不是？

小贵贵：那我相信这次晚宴，贵妇人们肯定都去打一圈麻将了。

答：她们听得津津有味，至少外表如此。

雷光毛幸福：强烈要求公开菜单。同时祝三老身体健康，万事如意！

答：吃的不重要，故不录。

抹去前尘：蔡生与两知己共聚晚宴真乃人生乐事，冒昧问一下蔡生今晚在哪吃饭？

答：利苑。

龙浩锟：记得蔡生曾与于丹同在一个节目，请问蔡生对于丹印象如何？

答：她很好。

honeybomb：三毛书中经常写与丈夫荷西的生活，有人考证荷西其实不存在。请问先生一句：以您对三毛的了解，荷西真有其人吗？三毛也是我喜欢的作家，不想她被说得不明不白，谢谢先生解答。

答：我们没有谈到荷西的事。

lcsnoopy：报道说倪匡厨艺第一，园艺第二，文笔第三，蔡生可有试过他的手艺？如何？

答：在他的旧金山家吃过数餐，的确不错。

MTOC：请问蔡生，认识吴耀汉先生吗？

答：合作过几部戏。

杨翱：先生晚安。哈哈，若先生与倪先生合拍江湖片，分别饰演两大帮派的龙头老大，应该会有很多观众的。

答：那不会是厮杀片，而是胡闹剧。

幻ccc：蔡生觉得沈星小姐是个怎样的人呢？我很喜欢她，买了她的《两生花》。

答：人很好。

这并不好笑：看先生的书常拿倪匡先生的身高说笑，很好奇到底多高呢？请问先生能否告知呢？谢谢。

答：好像是五尺四吧。

DrHannibal_韩大夫：不在南洋认真生活几年，好像难以深入体会这样天然香草的魅力。也不知这样说适当否，请先生莫怪。倪匡先生在他的一篇散文中写道"若被人侮慢，要怪自己"。请问先生，若倪匡先生自己遭了侮慢，像是会即刻反击，报以"老拳"吧？

答：讲一套做一套，是作家的特权。

粒仔和小曼：蔡生您好，拜读了您的《蔡澜老友记》，对里面一个林中松先生的传奇婚姻生活很感兴趣，他后来还有没再婚呀？哈哈。

答：没有。

麟仔_圣心明德：请问蔡生与王亭之先生探讨过美食吗？

答：从前聊过，当今他移民外国，多年不见了。

细冯生：蔡生，想问下您对古龙先生的看法。

答：不如金庸，胜过梁羽生。

KC_CHAN10：请问蔡生，倪匡先生的《推背图注释》什么时候出版？

答：他已封笔。

杜如风：蔡生，一定一定!!!谢谢前辈关心!有心有心!老爹就是跟你一样，太爱吃，结果弄出个病来!是你当年开导"他"的吗! 哈哈。

答：我不会影响别人，我只会把他们本身希望做到的带出来。

vivitei：近日在重看"卫斯理"，今日看到倪匡近照，觉得他好可爱。不过，有点儿迷茫。"卫斯理"就是这么可爱的人写出来的吗？

答：他老人家一天在街上遇到一对母子，母指出他是"卫斯理"，那儿子的表情也是迷惘、悲愤和失望。倪匡兄自己说的。

穆图最爱海布里：蔡生，请问《蔡澜叹名菜》里面的阿诗是谁？

答：黄宇诗，黄霑先生的女儿，母是华娃。

陈芷菁：蔡生，早晨！倪匡经常是镜头下的模特儿，想必你也觉得他很可爱吧！

答：最佳模特儿。

Randy＿林昭：蔡先生好，听说倪匡先生也是个刻章高手，年轻时还靠自己刻的公章一路过关到香港，不知你俩哪个刻章技术更高呢？呵呵。

答：他较高，刻过一方"少年子弟江湖老"的闲章给我，当年我还很年轻。

俺是出家人：先生有帮倪匡先生刻过章吗？

答：刻过他的常用印"倪匡"二字。

俺是出家人：倪匡先生阅读量如此大，文调会受其他作者影响吗？

答：凡是写作人，多多少少都受前人作品影响。

Wuvist：不知道蔡生怎么看待倪匡信奉基督？

答：给人家问为什么要喝酒，问得多，不耐烦，就说是上帝教的，他把水变酒。

Wuvist：可倪匡是先被牧师骗说信基督不可以喝酒，还戒了一个星期。

答：他可以恣意运用《圣经》，不喝时搬牧师出来；给人见到他狂饮，又说《圣经》中耶稣从来没有叫信徒不喝酒。

施仁毅HKGIA：蔡生，您好，今晚和倪匡先生、倪太，及您师兄褚绍灿先生吃饭，您在日本吗？希望再次您也能出席。

答：在日本群马。下次吧，祝新年快乐。

小妖苍扇：记得亦舒师太曾提及先生的夫人相当擅长烹饪，但似乎没听先生夸奖过？

答：私事不公开。

占戈占戈：蔡生，我想购买倪匡先生"卫斯理"、"木兰花"、"原振侠"全集，是真正的全集，不是精选。要纸书。麻烦你帮忙转达倪匡先生，看哪里能买得到。我这里是广州。

答：倪先生人在香港，没去过广州，不会知道。

狮子座的韦斯利：觉得金庸三改小说如何？像倪匡兄说的新不如旧，改不如不改？

答：那是作者的心愿，本应支持。

穆图最爱海布里：蔡生，请问和饶宗颐先生熟否？他现在在做什么？

答：是前辈，与家父较熟。

细冯生：窃以为黄霑先生无论其为人、作品，皆有古韵。
答：他的唐诗宋词根底打得很深。

穆图最爱海布里：蔡生，请问倪匡先生是否真的喜欢李敖？卫斯理是否145本？
答：不，是。

蒙卡：蔡生，不知以前古龙先生可会由"喝酒"追至"被酒喝"呢？
答：古龙的酒，是自毁性的，不可学习。

永远的灿烂：蔡先生，您好。不知道倪匡先生是如何称呼查先生的？？
答：查生。

MTOC：倪匡先生有文章说，穷一辈子，也无法了解另一个人。蔡生，人与人之间，是否真的要了解？
答：了解一点，不必太多。

蔡澜微博妙答之电影卷

CaptainDarling：蔡生今晚看了《山楂树之恋》了吗？觉得如何？

答：女主角没年轻的吴倩莲秀气，男主角很像刚出道的粗菜馆老板崔明贵。

鸟人王：蔡先生看了《盗梦空间》没？喜欢吗？

答：喜欢，但不像别人捧上天。

音口兮：很想问先生，现在的香港电影，还有复兴的希望嘛？以前可是百花齐放，现在只剩下大制作，大明星，然后剧本什么的都差强人意。

答：香港电影，每一年都问自己：有复兴的希望吗？

Fiouou：先生，如果有人再投资给你拍电影，你还会拍吗？

答：看题材值不值得。

劳力士不是金色：请问先生，您当年策划的电影《烈火青春》被认为尺度大胆而被剪了不少场面，您认为那些被剪走的内容真的那么过火吗？

答：道德塔里班，握手都不行。

--妍--：那您和梁朝伟在电影方面有任何合作吗？

答：多年前监制过一部他和蓝洁瑛主演的喜剧片，名字忘记。

智慧如此而已：先生有否觉得蓝洁瑛可惜了？

答：是，当年她实在是令人眼睛一亮。

VelinXiao：蔡先生，*Lost*结局后还追了什么美剧吗？

答：《斯巴达格斯之血与沙》。

TC涛：蔡生，《斯巴达克斯》出了第二季没有？《血与沙》已经全部看完。

答：男主角患癌。

萨姆丁可与阿勤：其实我是有导演梦想的，但这是能力的体现，财力，功力，人际，声望，口碑，各种周旋。就有种尽管有梦想，但有梦想的人还有很多，但我两手空白，斗不过别人。

答：所有电影人，在未成功时对自己的疑问，和你一样，包括李安。

HH—Damon：蔡生，电影《望乡》是你最喜欢的电影吗？

答：日片中比较出色的一部。

MTOC：请问蔡生，对哥普拉女儿导的戏感觉怎么样？

答：过誉。

俺是出家人：蔡生会看鬼片吗？日本鬼片营造恐怖气氛，泰国注重情节，会觉得哪国的诡异片更吓人？

答：喜欢日本的，小时候看过"四谷怪谈"，印象犹深；沟口健二的《雨夜物语》也凄美。

俺是出家人：《午夜凶铃》这套戏呢？蔡生怎么看？

答：次等。

zhw7124：那先生喜欢看纪录片吗？什么样的纪录片更能吸引您？

答：电视台的*Discovery*和*National Geographic*是我喜欢看的，日本NHK 和英国BBC 都是制作高手。

MTOC：请问蔡生，觉得Nolan旧作*The Dark Knight*拍得怎样？很多人说他将成为第二个库比力克，真好笑。

答：过一百年后吧。

MTOC：请问蔡生，觉得现任007（Daniel Craig）怎么样？

答：最初觉得他丑不可挡，后来愈看愈顺眼，但是就算接受了，他还是没有幽默感，太认真了，绝对不优雅，他的零零七很枯燥。

MTOC：请问蔡生，您觉得尼古拉斯·凯奇怎么样？近年常拍烂片。

答：一向认为是过誉。

该用户已经被注销："任何剧种都被拍得痛哭流涕"这句话真是太经典了，一语中的！那么蔡生，用哪一句话可以用来形容日本电影的呢？
答：也有《葬礼师》的变化。

MTOC：请问蔡生，喜欢看DVD花絮吗？
答：戏好才看。

MTOC：请问蔡生，喜欢看*Discovery*的*MythBusters*吗？我很爱看他们实验，有趣幽默。
答：最初好看，后来题材渐用完，就在拖时间。

陈卉龙：先生，请问你觉得最近电影的科技（比如说IMAX，3D）是好还是坏？
答：一种表现方式，时间会告诉我们好与坏，我个人认为3D除非不戴眼镜，必受淘汰。而银幕则会愈来愈大，因为到时看电影会像观赏歌剧一样昂贵，观众要求物有所值。

明_瑞：蔡老师，您好。您是影视圈的才子，这是公认的。中国许多导演都在翻拍经典，甚至翻拍多次，不去花更多的时间研究新题材。您认为这是必要的，还是缺少创新的表现？谢谢。

答：任何题材，都是古老的，包括梁山泊与祝英台、罗密欧与茱丽叶，看你怎么演绎。

张庆微博：做一名好的电影监制，最重要的基本功是什么？
答：凡是关于电影的一切，什么都要懂。

MTOC：蔡生，请问是您将Stanley Kubrick译成史丹利·库比力克吗？
答：是。

MTOC：请问蔡生，觉得*The Shawshank Redemption*这戏好不好？
答：没看过。

雪剑霏花：蔡生，我这边电视台正在播放您早期监制的一部电影《少年郁达夫》，不知这是不是发哥刚出道时拍的呢？是哪一年？
答：出道已久。

MTOC：蔡生，今后电影从24帧提高到48帧一秒甚至更高，观感会更流畅吗？
答：只能改善画面素质。

MTOC：请问蔡生，*Barry Lyndon*结尾Barry截去小腿，用拐杖走路，看不出化妆痕迹，怎么拍的呀？

答：至今还是个谜。

MTOC：蔡生觉得老牌影星的*Red*《猛火爆》拍得好不？

答：一般动作片，不突出。

MTOC：请问蔡生，对黑人影星Denzel Washington印象怎么样？

答：不错，但近期并无好戏。

陈卉龙：先生，请问你觉得那些恐怖片（像*The Shining*和*Alien*），你觉得这种电影有欣赏价值么？

答：有，已是公认的经典。

MTOC：请问蔡生，您在文章常说的歌曲《爱情至上》是出于哪一部电影？

答：*Love is a many splendored thing.*

ericlauparis：蔡先生您好，想分享一下最近看过的一部好电影，是阿根廷的*The Secret in Their Eyes*，故事在悬念的框架下有非常深情的描述，不知蔡先生有否看过？

答：看过，拍得好。

子衿我心子佩我思：今天邵氏把电影王国卖掉，北上重拍电影，这是聪明的决定。请问先生香港人拍电影如何在内地杀出一条血路？内地的电影好像《让子弹飞》、《非诚勿扰》都好看。我觉得先生老骥伏枥，不如出山帮邵氏打江山？

答：已无有兴趣之题材。

Randy＿＿林昭：先生，蓝乃才导演是否会再拍电影？

答：真欣赏并怀念蓝导演的才华，相信有那么一天。

bing冰快乐：先生现在可有蓝乃才导演的消息？

答：每年收到他的圣诞卡。

四阿哥阿伟：蔡先生，我很喜欢黑泽明，有些人评他早期作品太人道主义，你怎么看？又，你怎么评价他自杀后的《没有季节的小墟》？

答：人道主义又有什么错？黑泽从此片开始走下坡。

otto－ana0831：蔡生，我曾在电影书上看到，黑泽明曾经为了一个镜头要达到自己的要求，将一栋楼给拆了，请问是否确有此事？

答：对大导演的传说，多数夸大。还有人谣言胡金铨为了要台阶长青苔，停拍一年。他亲自告诉我：用木屑染绿了撒上去，即似。

MTOC：蔡生，喜不喜Nolan系列蝙蝠侠？

答：把商业艺术化，或相反。

MTOC：您对演员Matt Damon满意吗？

答：文武皆宜。

MTOC：蔡生，您说今届奥斯卡最佳影片，会不会颁给《玩具3》？

答：大概是《社交网络》吧。

MTOC：蔡生，看过库比力克早年的*Fear and Desire*吗？到处都找不到，网上说他把胶片毁了。

答：没有。

MTOC：蔡生，他电影中的谜真多，可以写成一本书了。

答：那才叫谜，《让子弹飞》的不是。

MTOC：蔡生，我觉得夏目漱石的《猫》拍成电影，难度极高，几乎没人做到，单处理猫之间的对话，就不知怎样入手。

答：已拍过。

MTOC：请问蔡生，您甚少提起《奇爱博士》，它最出色的地方是？

答：那是在冷战年代拍的讥讽片，有过时的感觉，但已不失为一部经典。

MTOC：那怎么判断一部片子过时不过时？

答：不想重看，就是过时。

牛奶雨微博：请问蔡生，你当年的志向是什么？拍电影还是其它？恕我冒昧，纯以我个人的感觉，觉得先生其实是不是平生志向一直无法实现，从而寄托于另外一种形式，走陶渊明和唐伯虎的路？

答：我没那么复杂。

MTOC：请问蔡生，2001后面那段色彩斑斓的镜头，是靠曝光技巧拍成的吗？

答：中途曝光兼特技叠印。

MTOC：蔡生，请问您对《麦田守望者》印象如何？是疲惫一代的作品吗？

答：那还要早了。是经典。

mattfrank：蔡先生，电影*Biloxi Blue*里的一首歌曲叫*How High The Moon*，是由一名美籍日本人Pat Suzuki 所唱，不知道先生是否也喜欢？

答：没听过。老了并非过时，而是把宝贵的光阴，花在更美好的经典之作。

MTOC：刚看了伍迪·艾伦的Play it again, Sam，艾伦演这样一个人，不晓得他现实中是否一样？
答：他常把自己放进作品。

梦移动StephenFu：电视做《星际钝胎》，特技是蔡澜先生，导演是章国明，监制是方逸华，不知蔡生当日的特技怎处理？
答：土法炼钢。

真猫猫：先生有没再想制作电影的念头？
答：没有什么刺激得了我的。

MTOC：请问蔡生，为什么有些经典电影，是票房毒药？
答：曲高和寡，还用问吗？

MTOC：请问蔡生，对于《死在威尼斯》这类同性恋题材，应该用什么眼光看待？
答：唯美的角度，赞成与否是另一问题，大师作品，可以观赏。

MTOC：请问蔡生，《八部半》里主角明明躲到桌底自杀了，为什么结尾还和大家一起跳舞？

答：那是导演记忆和幻想的片段，不用逻辑地剪串起来，当年为首创的手法，后来的模仿者，都超越不了他。

MTOC：名导演常创出新手法，请问他们的才华源自哪里？

答：做学问为基础。

MTOC：请问蔡生，为什么很多战争场面，即使用了超广角镜头，也不显气势？

答：超广角如果能增加气势的话，需要其它镜头吗？

海CHENG：先生有留意奥斯卡颁奖典礼吗？

答：猜了三个，只有最佳电影错了。

俺是出家人：蔡生预想最佳电影是哪部？

答：《社交网络》。

小小青笋：蔡澜先生看了今年Oscar的最佳影片*The King's Speech*了吗？感觉怎么样？

答：拍得好，这种题材也够胆摄制，是勇气。

蔡澜微博妙答之妙语卷

紫苏猪：一个佛家弟子说，开了光的佛像，是可以看得出来的。我问如何看，他笑而不答。

答：他自己也看不出，只可扮笑。

曾威_breakones：问下先生，吃什么可以让人难受？

答：泻药。

你今日鱼柳包左未啊：蔡生，请问女人如何做到不呷醋不小气呢？

答：死女人。

ccyRyan：蔡生，在异地读书，不知为什么，这两个星期劲生暗疮，应该吃什么来治疗？

答：吞生红豆，以形克形。

简单的像只猫：想增肥，怎么吃都不胖，蔡生能否给点建议？

答：每天吃五花肥肉，连续一个月，包胖。

影子shadow_wu：数学不及格代表什么呢？

答：数学老师是笨蛋。

简丹XD：蔡生，我最近睡觉总流口水啊，妈妈说是身体虚了，那吃什么补呢？

答：吃毛巾。

焱_浅浅：蔡先生，我想让身材好一点。

答：内地整容医院多得是。

幸_先生：蔡前辈，我是广州的，请问究竟怎样才算吃得健康呢？

答：吃不死，就健康。

袁纯尾：先生觉得，子女欺骗父母应该有罪恶感吗？

答：父母骗子女的更多，打和罢了。

SpringRainLi：蔡先生可不可以不转发？把别人的微博都盖掉了。

答：目的如此。

龙小骥：蔡生，刚才看一个足球节目看到眼眶湿润，曾经的偶像都已老去，为什么我们会怀旧？

答：因为你怀别人的旧，另外有人怀你的旧。

剑游天义：先生，您认为秘鲁有什么值得一游吗？

答：没去过的地方，都值得一游。

天天ai天天：你是……卖菜的？

答：是。小生意，顺便卖猪油。

小龙瞎：蔡老，吃什么能缓解黑眼圈啊？

答：这要问熊猫。

李慕吟：蔡生，现在的社会很多人都害怕寂寞和孤独，请问蔡生会不会也被寂寞和孤独困扰呢？

答：没有时间。

吉吉梦：先生，你好！今日是万圣节(鬼节)，有没有去扮鬼玩一玩？

答：已经是好吃鬼了，不必再扮别的。

悠然知乐：先生，看了MICHAELKINGCHING里有很多你书的封面，画得很好，都有出版过吗？属于什么类型的画？

答：那都是我的书的封面，全部由苏美璐作画，只有在香港天地图书出版的版本才出现。

ligera：请问蔡先生，我扁桃体发炎，还说了太多话，这几天发不出声了，吃什么比较好？

答：吞麦克风？

xMOTORx：蔡先生请指教！喝了太多啤酒，如何做到睡醒起来不头痛和肚屙？

答：不喝即可。

悕洛：蔡澜先生一生爱过几个人呢？

答：不告诉你。

轩小舞织围脖：蔡先生也太顽皮了。那一生有曾经恨过但现在已经不恨的人吗？

答：也不说给你听。

孟彪彪：那您有爱过男人或者男孩吗？

答：去你的。

孟彪彪：我觉得挺正常，很多伟大的人都喜欢过同性，无冒犯之意。

答：我不做伟人。

肥嘟嘟er：蔡生，有无见过令您心驰神往的美女却是同性恋的？

答：什么都见过。

很硬的中年男人：先生，请问如何食补壮阳？我发现我的欲望不如以前了，我苦恼。

答：伟哥。

梦移动StephenFu：晚上好，被蚊叮，醒了。

答：已经深秋，一定是穿了毛线衣的蚊子。

叫我jack：可惜人生没有这个X。（指删除评论）

答：说得好。

霜降猫：人生有黑板擦。

答：我也用这个原始工具，好。

小啊米米8411：我也想要这新玩具（Macbook），只得继续努力工作了。

答：对，要得到，只有付出。

香橙班：蔡生，你的书主要讲些什么？

答：讲一些你还没有经历过的事。

劳力士不是金色：蔡生晚上好，我正与家母讨论您很会饮食很会享受，但家母认为您是因为有钱所以可以享受，我则认为您是即使只剩一百块钱也会拿来享受的。请问您认为哪一种符合您?

答：我努力工作，故可拼命花钱。

哆拉AV梦：开机速度不是电脑的关键。懂么？蔡先生。在这个问题上，无所不知的你终于菜鸟了一回。

答：在我来说，是重要，我没有耐性。

小猴子住在图拉蒂街：小朋友想知道蔡生每天的作息时间如何呢？是早睡早起还是睡到自然醒呢？晚安咯。

答：自然。

陈一索：每次清晨醒来，总喜往这跑。昨夜看着博睡去，学生显然中微博的毒太深。

答：同病相怜。

大力水手的小菠菜：蔡生，你如果上火了，一般喝什么降火?

答：与火共存，不必降。

大力水手的小菠菜：蔡生，你怎么看待自视清高的名人?

答：其实你高过他。

TracY鸟蛋：蔡先生，如何从八婆变成美女呢?

答：看书，受教。

Sparkle_Z：那如何从女孩变八婆来应对周围的八婆呢？

答：女人都有变八婆的本能，一不小心就成为一个。

肥CC：先生提倡婚前性行为吗？

答：不必轮到我去倡导。

蛋黄单：蔡先生，请问吃什么补气血呢？

答：血会生气？

诗人庄生：蔡生，我妈妈嫌我女友长得高，特别是鼻子高，会克夫，给我路选，要她就要跟我断绝关系，我该怎么办？

答：你娶你妈？

俺是出家人：蔡生，老师很色怎么办？我是男生，看到他揩油我就想打他，怎么办？

答：照打。

例迟夜总会：先生，与人有仇，是报好，还是忘记更好？

答：三年不晚，有得报就报。

椰果mei：为什么用左手的人小时候都被父母打？

答：符合群体生活的落后观念。

了了eden：可能是因为用右手的人比左撇子寿命长。

答：还有这么迷信的人，啧啧。

Rica—吃茶去：因为还是男权社会，总是拿女人开刀。

答：你到外头看看，做事的是女人多，还是男人多？什么男性社会？别低视自己。

快乐的甜甜妈咪：也问个与吃的无关的。小女明年结婚，我想送她一对瑞士手表留纪念，她说不要表，直接给她钱，我该怎样办？

答：她怕你买的老土，唉，就折现吧。

yasati：蔡生喜欢收集什么东西？有没有到现在还很热衷的？

答：收集美好记忆。

清空里：蔡生的回复真是神速。

答：杀人亦然。

魔术师的一些事一些情：蔡先生，请问有什么方法可以不赖床吗？

答：睡前多喝水。

水晶娃娃的窈窕理想：蔡老师，我觉得您是一个对生活有阅历的人，但是经常看您给微博网友的评论，您的话是否有些刻薄？

答：不刻薄怎么应付蠢问题？

古法烧猪：都讲酒壮英雄胆，蔡生你有哪些事是需要喝酒壮胆敢才做的？

答：我不需靠酒。

井中的天空：大家讲话都好文绉绉啊。

答：粗鲁大家都行，文雅一番，是难得的。

园梓滴围脖：蔡生，深圳这边也不干燥啊。为什么我的两个手掌会莫明其妙地脱皮呢？应该涂些什么才好呢？

答：你的手皮薄，害臊吧。

点滴五味：回复@园梓滴围脖：不妨用凡士林试下。

答：是是，饭后一匙。

Wiooie：想问蔡生，如何让男人喜欢自己？前提是没有美貌和身材。

答：用脑呀。

meiguizhu：蔡生，我三十多岁的人，总感觉头顶的头发日渐变薄，经常头发油腻，有什么办法防止过早谢顶吗？

答：有两种药一定是骗人的：长生不老，和医秃头。

xuanxuanloveSH：我也很想知道，总觉得香港人又是吃烧腊又是喝糖水的，每天摄取的油分和糖分都不少，可为什么都还拥有纤细的身材？不理解。

答：因为服装很贵。

冰V雨：迷茫！先生估计体会不到如今年轻人面对如此社会的困惑！

答：宁愿不知道。

偶俦：蔡生，在这次亚运会上，看见一个日本选手的名字叫"我孙子智美"，并且媒体称"我孙子"是个在日本很常见的姓。实在是不知真假，您老对日本了解的多，能否赐教？

答："我孙子"不算太普遍，也有姓"吾妻"，名"龟八"的。

蔡澜微博妙答之知己会

好消息，已成功开通！名为@蔡澜微博知己会。欢迎各位加入关注，并将问题和意见发至该处，我会亲自在原有微博上奉覆，一切如常。(2010—11—22 23：24)

玫瑰记者：我觉得知己会应该有各类职业的人来参与，而且话题也应该丰富一些，比如美食、文学、影视、情感等等。大家来讨论，诉说，知己们来帮助寻找问题的根源，解决疑问，放松心情。重要的是开心，把开心的事与大家分享。一场君子游戏。

答：是，这是最终目的，要开心。

蒙卡：蔡生不久前说过："凡是好人都能入会，不必问了。问了也不答。"此外，蔡先生，未经您同意，斗胆代答，希见谅！

答：谢谢。

杨翱：我可保证，蒙卡也是好人。

答：那请蒙卡为你的助手吧。人生之中，遇到一个可以相信，或被相信的机会，究竟不多。

cocodgnet：蔡先生，以您的江湖地位能不能拉个大机构（比如"百万富翁"什么的）来赞助有奖互动，100万大奖等你来拿那种。

答：没有免费午餐，还是别搞得太商业化。

委屈一下爱：蔡先生答博友问，真的挺好的，好像每天的一道小菜。看吧，换成知己团答博友问，可能会失去原来的意义。
答：防止脑残必要付出的代价。

鸟飞凉：先生，您应该去猫扑和天涯上征文，上面人才的文采水平绝对比微博的高。
答：我离不开大众，不能只和文学爱好者做朋友。

周杰伦_V：澜爷爷～跟你学吃的来了。
答：真的假的。

周杰伦_V：其实我也是个好吃者。我就是想问问，那个，有人说当归只适合女性吃，这样的说法对吗？
答：为什么做人要躲在歌星背后？自己也不错呀。换回身份吧。

智慧如此而已：先生，知己会我关注，以后是否只能在那里发言，适合地会转到此，这里便只能看不能再评论？
答：要做到能看又能评论才亲民，我只是不想看到脑残罢了。

该用户已经被注销：如此一来，不用多久，脑残又会接踵而来，电脑术语——死循环。

答：那边有一大班护法拿着武器侍候。

SEEU的一些树一些情：这人COPY一堆日文过来干啥……中国也有报导啊。

答：那你夹了个英文字又是干什么的？

SEEU的一些树一些情：我错了。

答：敢于认错，有志气，今后必为成功人士。

mayence：蔡生，你会记得你曾经回复过的围脖友的名字吗？

答：我还未患痴呆。

Emily_HO：那先生记得复过我什么吗？哈。

答：一定是些无聊的。

悠然知乐：蔡生，不是已开了知己会？这边还接受提问？

答：逐渐交移。

陈一索：学生很舍不得这里。

答：那就保留，但得打扫干净。

难离难舍总有一些些些：这里以后就会变清静了吗？

答：不清净的话，我呆不住。

bing冰快乐：先生，在知己会里，以后发的每条评论您都不可能一一看到了，对吗？

答：除了不堪入眼的，都能看到。

图书在版编目（ＣＩＰ）数据

蔡澜微博妙答（第二辑） ／ 蔡澜著．—济南：山东画报出版社，2011.11

ISBN 978-7-5474-0474-4

Ⅰ．①蔡… Ⅱ．①蔡… Ⅲ．①随笔－作品集－中国－当代 Ⅳ．①I267.1

中国版本图书馆CIP数据核字（2011）第178111号

责任编辑 徐峙立
装帧设计 李海峰
项目完成 徐峙立工作室
主管部门 山东出版集团有限公司
出版发行 山东画报出版社
　　　　社　　址　济南市经九路胜利大街39号　邮编 250001
　　　　电　　话　总编室（0531）82098470
　　　　　　　　　市场部（0531）82098479　82098476(传真)
　　　　网　　址　http://www.hbcbs.com.cn
　　　　电子信箱　hbcb@sdpress.com.cn
印　　刷 山东临沂新华印刷物流集团有限责任公司
规　　格 130毫米×184毫米
　　　　　　6.25印张　100千字
版　　次 2011年11月第1版
印　　次 2011年11月第1次印刷
印　　数 1—10000
定　　价 20.00元